Sandra Hoffmann

Was ihm fehlen wird, wenn er tot ist

Roman

Hanser Berlin

Das Motto auf S. 7 ist abgedruckt mit freundlicher Genehmigung des Suhrkamp Verlags. Max Frisch, *Mein Name sei Gantenbein*. Roman. © Suhrkamp Verlag Frankfurt am Main 1964. Alle Rechte bei und vorbehalten durch Suhrkamp Verlag Berlin.

1 2 3 4 5   16 15 14 13 12

ISBN 978-3-446-24028-5
© 2012 Hanser Berlin im Carl Hanser Verlag München
Alle Rechte vorbehalten
Satz: Greiner & Reichel, Köln
Druck und Bindung: CPI – Ebner & Spiegel, Ulm
Printed in Germany

MIX
Papier aus verantwortungs-
vollen Quellen
FSC® C006701

Meiner Mutter gewidmet

»... – man kann nicht leben mit einer Erfahrung,
die ohne Geschichte bleibt, scheint es ...«

    Max Frisch, *Mein Name sei Gantenbein*

Nein, sagt Biliński, ich möchte nicht schlafen.

Es passiert nichts, antwortet die kleine Schwester.

Er kennt ihre Stimme, wie eine, die ihn lange durchs Leben begleitet hat. So gut in den wenigen Monaten. Die Nuancen; den weichen Klang, wenn sie auf seiner Seite ist, wenn sie ihn zu beruhigen versucht, wenn er klagt, schimpft, sich wehrt. Die Unbekümmertheit, mit der sie ihn unterbricht, wie sie ihren Satz zu Ende bringen will, auch wenn er seinen zu Ende bringt: wie sie manchmal gemeinsam sprechen, gleichzeitig, bis er still wird, bis sie gewonnen hat. Die spitze Wut, wenn er sicher ist, zu wissen, so geht es, so machen wir das, und sie widerspricht, nein, das machen wir nicht so. Die Mädchenstimme, die Frauenstimme, die Krankenschwesternstimme, die Ich-weiß-Bescheid-Stimme. Eine Stimme wie die einer Geliebten. Nein, das würde er so nicht sagen.

Die Augen geschlossen, sagt er: Bleiben Sie!

Er hört, wie sie den Stuhl heranzieht, sich setzt, ihren Atem; kein feiner Wind, nur stellt er sich die Bewegung ihrer schmalen Nasenflügel vor. Manchmal will er die Augen nicht öffnen beim Erzählen.

Mili, sagt er, das war ein Glück, dass sie so jung war.

Die kleine Schwester schweigt.

Sie könnte auch nachfragen, denkt er, obwohl es doch

genug ist, dass sie da sitzt, ihm zuhört, immer wieder und weiter, seit Wochen. Er ist ungerecht, ja, und doch kann er plötzlich nicht an sich halten. Etwas überrennt ihn.

Sie haben das Fragen wohl nie gelernt, sagt er.

Warum? Ihre Stimme klingt verwundert.

Lehrerhaft muss das wirken, wenn er sagt: Das ist die richtige Frage! Aber es hilft nichts, er sagt es und antwortet ihr: Weil sie damals alle Jahrgänge zwischen neunzehnhundertsechzehn und vierundzwanzig rausgeholt haben, per Zwang, alle. Und Mili ist ein sechsundzwanziger Jahrgang. Sie war vierzehn.

Das Bild rückt näher, und als es ganz nahe ist, spürt er auch das altbekannte Ziehen in der Magengegend; er lebt noch, manches vergeht nicht. Mili, wie sie zusammengekrümmt dalag, nachdem er Izy hatte töten müssen, wie er noch Izy vor Augen hatte, ihr raues starkes Fell, die Augen, die dunklen Hundeaugen ihn hoffnungsvoll anschauten, und Izys so starken Körper, der sich immer wieder aufrichten wollte, aber sie hatten ihr das Rückgrat gebrochen. Und wie er ins Haus trat und Mili im Sessel, rotäugig, düster, verängstigt, und aufs Merkwürdigste abgerissen aussah. Mili? Hatte er gesagt, und sie war fast im Sessel verschwunden. Lass mal, hatte die Mutter gesagt. Sie roch schlecht, sauer und stockfleckig.

Warum, fragt die kleine Schwester noch einmal, warum meinen Sie, ich habe das Fragen nie gelernt?

Er zuckt zusammen. Das Bild von Mili und der Mutter im halbdunklen Zimmer verschwindet.

Warum meinen Sie das?, beharrt die kleine Schwester.

Was?, fragt er. Sie sitzt direkt an seinem Bett, das Haar zum Pferdeschwanz gebunden, wie immer, die Augen rund und weit offen unter den dichten buschigen Brauen, sie sind es, denkt er, die ihn erinnern.

Warum meinen Sie, dass ich das Fragen nie gelernt habe? Fragt sie. Sie drängt, sie wird nicht nachlassen, jetzt.

Sonst würden Sie doch fragen: Was ist Mili passiert? Warum war es ein Glück? So etwas fragt man doch.

Marita zuckt mit den Schultern.

Er denkt jetzt manchmal gar nicht mehr freundlich über die Menschen.

Sie haben, sagt Biliński, weil die Männer im Krieg waren, weil sie dringend Arbeitskräfte brauchten, alle, die im besten Alter waren, herausgeholt aus Polen, damit sie in den Fabriken, auf dem Land, ach, Herrgott, überall arbeiteten. Sie brauchten Leute, genauer Sklaven, gesunde Sklaven.

Aber warum haben Sie sich nicht gewehrt? Sie und alle? Ich hätte mich gewehrt, sagt die kleine Schwester empört.

Weil das nichts genutzt hat. Weil wir keine Stimme hatten, keine Chance, weil meist nicht einmal Verstecken half, oder vielleicht ein einziges Mal, und beim nächsten Mal hatten sie dich. Wenn du Glück hattest, schafftest du es auch noch ein zweites Mal, aber irgendwann bist du auf dem Weg in die Stadt, und absichtlich, wohlüberlegt nimmst du eine kleine unbekannte Nebenstraße, und dann machen sie eine Razzia. Biliński sieht die kleine Kolonne aus drei Wagen vor sich, als habe er sie gestern kommen sehen, er war nahe dem Wald von Zagorzy, da hörte er die Motorgeräusche aus der Ferne, er kannte sich aus mit Geräuschen von Motoren und das waren zweifellos ihre. Da springt er in den Graben, die große Dorne einer ausgewilderten Brombeere reißt ihm die Wadenhaut blutig, und weil er sich in dem Strauch verfängt, fällt er auf die Seite, will sich abstützen, spürt das Dorngestrüpp in der Hand, schreit auf vor Schmerz, leise, knapp, wie eine Maus beim ersten Biss der Katze, richtet sich dennoch auf, die Hand voller kleiner Brombeerdornen, Kratzer und Blut, Kletten und Brombeerranken im Hemdleinen. Er befreit seinen Fuß, so schnell es geht, aus dem Gestrüpp, während ihm das Herz rast, Alarm schlägt, weil die Autogeräusche näher kommen und ihn antreiben. Da steht er gerade wieder aufrecht, spürt vor Aufregung den Schmerz nicht mehr, um den notwendigen Schritt aus dem Graben zum Wald hin zu tun, und dabei sieht er sich um. Nun weiß er, sie haben ihn gesehen.

Alle Wege, die in die Stadt führten, haben sie gleichzeitig und häufig mit mehreren Fahrzeugen befahren, und jeden, den sie auf der Straße kriegen konnten, der nur irgendwie in ihr Bild passte, ihr Schema, den haben sie kontrolliert. Einkassiert, wenn er passte. Frauen auch. Und all jene weggestoßen, angespuckt, vor dem Auto hergetrieben, die sie für nutzlos hielten. Kranke, Alte, Schwangere und jene, die sie nicht verpflichten konnten, all die. Aber wenn du der Richtige warst, dann war Schluss.

Er denkt: Jetzt wirft sie den Kopf in den Nacken, jetzt zeigt sie die Zähne, als wolle sie nicht glauben, dass er, Biliński, so ein Weichei war, einer, der sich nicht wehrte.

Da war nichts mehr mit Wehren, sagt er. Da half nichts mehr. Er muss sie anschauen. Sehen. Das Weiß in ihren Augen schien ihm noch weißer als zuvor. Sie ist wütend. Die dunklen Augen stechen.

Aber die konnten einen doch nicht einfach mitnehmen, sagt sie. Hat da keiner was getan? Ihre Stimme ist schriller geworden, so kennt er sie nicht.

Da konnte sich niemand wehren, antwortet Biliński. Er sagt es mit Nachdruck, es gab keinen Anlass, zu zögern. Da war niemand, sagt er. Es war Krieg.

Der Kanzler?

Hitler! Und in Polen, oder was noch davon übrig geblieben war, kein Kanzler weit und breit, sagt er, ein Exilpräsident, der wenig tun konnte und noch weniger tat.

Marita hatte eine ausgeprägte Mimik, wenn sie nicht mehr nur lächelt, fängt ihr Gesicht an zu leben, sich rasch zu verändern, als spiegle es eine innere Bewegung. Jetzt zieht sich ihre Stirn in Falten, ihr Mund schürzt sich, als holte er aus zu einem ganz gewaltigen Kuss, um sich genauso schnell wieder zu entspannen und schließlich reglos stumm zu werden, mit nach innen gewendeten Lippen.

Sie haben in der Schule nicht gerade gut aufgepasst, sagt Biliński.

Marita antwortet nicht. Sie sitzt aufrecht auf ihrem Stuhl neben Bilińskis Bett, der jetzt immerzu befürchtet, gleich springe sie auf und verlasse den Raum.

Fragen Sie doch etwas, sagt er und schaut sie so zugewandt an, dass er hofft, sie könne ihm ansehen, dass sie alles fragen darf, was ihr einfällt.

Marita schweigt.

Sie schaut ihn nicht an. Er versteht es nicht. Er schweigt auch. Sein Bauch fühlt sich hart an. Er tut nicht weh. Es tut ihm nur selten etwas weh mit den Medikamenten. Manchmal brennt und sticht der Nerv im Gesicht; das ist untertrieben. Ganz leicht geht das mit dem Kopfkino in der Zwischenzeit, er schließt die Augen, wartet, befindet sich mitten in diesem schon so weit entfernt gewesenen Leben. Als habe er alles gestern erlebt, so nah. Glück oder Unglück. Das spielt dabei keine Rolle mehr.

Sie haben mich aus den Dornen gezogen. Die Wagen sind auf mich zugerast, haben hart gebremst, während ich noch damit beschäftigt war, mein vollkommen aufgekratztes linkes Bein aus den Brombeerranken zu befreien, den Rücken zur Straße.

Bürschchen, Biliński ahmt den Soldaten nach, der das R rollen ließ, wie er es davor nie gehört hatte. Bürrrschchen. Der trug ein kleines Bärtchen am Kinn und war ansonsten aalglatt rasiert und eingeölt. Am schlimmsten aber, er stank zum Himmel.

Marita lacht ein schnelles aufmunterndes Lachen.

Er hat mich am Arm gepackt, seine Hand war riesig, sie umschloss meinen Oberarm ganz lässig, sagt Biliński, und er denkt an das schmächtige zarte Kerlchen, das er mit sechzehn war. Da hatten sie mich.

Wie alt bist du, fragte der Soldat.

Fünfzehn, habe ich geantwortet, auf Deutsch, weil ich so blöd war. Ich Idiot.

Bist du Deutsch?, fragte er. Wie heißt du?

Janek.

Er: Du hast doch einen ganzen Namen!

Janek Biliński.

Bist niemals fünfzehn. Seine Hand klemmte wie eine Schelle um meinen Arm, er schob mich zum Fahrzeug, aus dem schon zwei weitere ausgestiegen waren, dann drückte er mich auf die Rückbank, Hand auf den Kopf, dann rein. Und er setzte sich neben mich, sein Bein ganz an meines gedrückt. Ich rückte ab, aber er rückte auf und zog mich am Arm zu sich heran.

Woher kannst du Deutsch, fragte er nochmals, nun in mein Ohr flüsternd, so dass ich sein Bärtchen auf der Haut spürte. Drecksack.

Ich schwieg.

Wissen Sie, wie es in Herrenumkleidekabinen riecht, nach dem Sport, bei den Kickern? Biliński kann es riechen, sofort, wenn er daran denkt, füllt sich das Zimmer mit diesem säuerlich dunklen feuchten Geruch, er schüttelt sich.

Die kleine Schwester stutzt, sie wartet fragend, streicht sich eine Haarsträhne hinters Ohr und schiebt sie mit dem Zeigefinger ins Haargummi. Biliński ist ihrer Hand gefolgt und bleibt mit seinem Blick in ihrem Pferdeschwanz hängen, der wippt, wenn sie sich bewegt, und sich nun auf ihren Rücken biegt, fast bewegungslos und glänzend, wie nur Haare von jungen Frauen glänzen, so satt.

Woher sollst du es auch wissen, sagt er. Er hört sein »DU«, er verbessert sich nicht. Er sagt: Da stinkt es ganz erbärmlich. Und so hat das gerochen in diesem Auto, nach Männerschweiß und Schweißfüßen und feuchten Kleidern und schlechtem Rasierwasser; ich habe, glaube ich, nicht geweint. Die Hand von diesem Drecksack ist vom Arm auf meinen Oberschenkel gerutscht und hat sich in mein Knie gekrallt, er lächelte mich an, und seine Hand lag fest und schwer auf meinem Bein, auf dem Weg in die Stadt. Ich hoffte so sehr, dass sie mir das glaubten mit den fünfzehn Jahren, dass sie mich in der Stadt aus dem Auto jagten, von mir aus soll er mit mir solang machen, was er will, dieser Wichser, habe ich gedacht.

Marita gluckst.

Ich kann das auch, hast du gemeint, ich kenne nur die Blümchensprache?

Sie wehrt sich nicht gegen das »Du«, sie lacht, und er merkt, wie ihn das aufmuntert, zu erzählen.

Hauptsache, er lässt mich gehen. Dachte ich.

Er ließ meinen Schenkel nicht los, rubbelte ab und zu mit dem kleinen Finger leicht über den dünnen Stoff meiner Hose, als habe der Finger einen Tick, aber ich traute mich nicht zu sagen: Lassen Sie das!

Bist ja schon über den Stimmbruch. Stimmbrrr-uch, wiederholte der, und ich wusste, sein Adamsapfel hüpfte nun wieder, er hatte so einen eckigen Adamsapfel, so einen knochigen Spitzberg am Hals, ich wollte das nicht sehen. Seine Hand wanderte dabei ein Stück weit meinen Oberschenkel hinauf und biss sich einige Zentimeter unterhalb meiner Leiste fest. Er spürt, wie schlimm das war, er spürt es noch am ganzen Leib.

Fünfzehn, lachte der. Das schauen wir uns nachher doch mal an. Rrrrrr. Wirrrrr, rollt Biliński, Pommerrrrrland ist abgebrrrrrannt.

Die kleine Schwester springt auf, oh Gott, sagt sie.

Man wird nach Ihnen rufen, wenn man Sie braucht,

sagt er beschwichtigend, aber er weiß, dass das nicht stimmt, und spürt schon, jetzt ist sie weg. Sie rennt zur Tür, öffnet sie, bleibt zum Glück noch einmal stehen, schließt die Tür wieder und schaut ihn an. Sie will etwas sagen, das sieht Biliński, und dass die Hand die Klinke wieder drückt.

Sie sagt nichts.

Inzwischen weiß er, sie kommt wieder, wenn sie den Scheinheiligen versorgt hat, nebenan.

Scheinheiliger? Hat er sie gefragt, als er es das erste Mal gehört hatte.

Ein Pfarrer. Dann ihr Lachen. Ihr Kopf, wie er dabei in den Nacken fiel, ihr Mund, weit geöffnet, die Zähne eine Perlenkette.

Er liegt im Koma, seit einem Jahr. Um den Kopf herum wächst ihm ein Lockenkranz. Marita hatte wieder gelacht.

Ihren Humor möchte ich haben, hatte Biliński gesagt.

Sie war nicht beleidigt gewesen, so richtig beleidigt war sie nie.

Er ist nicht gerne alleine. Die Nacht und der Tod waren eins.

Sie kommen wieder, oder, fragt Biliński und winkt ab, sie ist schon draußen, sie ist schon weg.

Er sieht sich in der Kammer neben dem Saal im Stadthaus stehen, hinter ihm an der Tür dieser elende Franke mit dem Arschgesicht, der jede seiner Bewegungen verfolgte. Langsam knöpfte Janek sein Hemd auf, oder tat wenigstens so, Zeigefinger und Daumen zitterten um die Knöpfe herum, tasteten sich am Knopf vorbei, nimm die zweite Hand dazu, dann geht's schneller, sagte der Franke, und die zwei Finger tasteten sich wieder zum Knopf, der sich jetzt leicht öffnete, weil die zweite Hand das Hemd festhielt, viel zu schnell ging das. Er vermutete, es würde ihm besser gehen, der schwule Franke würde es ihm womöglich leichter machen, wenn er verraten würde, warum er Deutsch konnte. Dann müsste er von Mutter erzählen, und wo sie wohnten, und von Mili. Ein zweites Mal überlebte Mili so einen Überfall nicht. Auch wenn die Mutter stark wäre, Mili hielte das nicht noch einmal aus. Er sah den sechzehnjährigen Janek, der noch nicht Biliński war, der erst mit den Nächten unterm Scheunendach und den Tagen auf dem Hof und im Wald, durch die Verachtung und die Angst, zu Biliński werden würde. Jene, die ihm Angst einflößen wollten, wussten, wenn sie ihn beim Vornamen nannten, dann meinten sie ihn, den großen Jungen, der vorhatte, der sogar sicher war, einmal ein großer, ein großartiger Autobauer zu werden. Ein Architekt ist auch ein Bauer. Biliński, das war ein hergelaufener Polack, der froh sein konnte, dass er Zwangsarbeiter auf einem Hof geworden ist und nicht einer in der Seifenfabrik, wo er den Blicken der Aufseher, den fiesen kleinen Qualen, dem Gestank der Gemeinschaftsbaracken und den schnarchenden Nächten ausgesetzt gewesen wäre. Die Blicke dieses spitzbärtigen Drecksfranken wanderten über seinen Körper, er spürte sie schwer auf sich liegen, obwohl er ihm den Rücken zuwandte. Die Wand in der Kammer verlor an drei Stellen Putz und war außerdem voller Fliegenschisse, kleine braune Punkte sprenkelten den Verputz und das Fenster, das auf den Hof hinterm Haus hinabschaute. Er legte das Hemd zusammen. Das Unterhemd war zu weit, er hatte es von seinem Vater, aber das war wieder eine andere Geschichte. Das Unterhemd wollte er nicht ausziehen, deshalb bückte er sich nun hinab zu den Schuhen, in deren Senkeln noch Kletten und Dornranken hingen, er zupfte sie heraus, da hörte er hinter sich eine Bewegung und etwas Hartes rammte sich in seinen Schritt, er schrie auf. Der Gewehrkolben rieb hin und her zwischen seinen Oberschenkeln, die er zusammengeklemmt hatte, unwillkürlich hob er sich auf die Zehenspitzen. Der Franke keckerte hässlich: Mach voran. Der Gewehrlauf folgte ihm in die Höhe.

Tun Sie das weg, schrie Janek.

Setz dich doch drauf, der Franke lachte hämisch. Schöne Stange, sagte der Franke und drückte den Kolben gegen Janeks Hoden, und Janek versuchte ein Bein anzuheben, um darüberzusteigen, aber der Kolben rückte hinterher. Er gab nach, bückte sich, zwischen den Beinen, die inzwischen mehr wackelten als zitterten, dieses Scheißgewehr, hinter sich, und so nah, dass er ihn atmen hörte, das fränkische Arschgesicht, und Janek löste die Schnürsenkel, richtete sich auf, half sich mit den Füßen aus den Schuhen und öffnete den Hosenknopf. Er sah auf die Fliegenschisse und suchte sich den größten aus, eins, zählte um den großen Fliegenschiss herum immer in Richtung Loch in der Wand, damit er die Orientierung nicht verlor, neunzehn, wahrscheinlich übersah er jede Menge kleiner Schisse, aber das war egal, er konnte ja nur die zählen, die er mit seinen Augen und aus dieser Position sah, fünfundzwanzig, da musste er sich bücken, weil die Hose an seinen Zehen hängen geblieben war; Pause einlegen, er hob die Hose vom Boden, der Gewehrlauf hatte längst wieder seinen alten Platz eingenommen, nur war es nun besonders unangenehm, weil er das kühle Metall durch den etwas zerschlissenen Stoff der Unterhose spürte, aber er wusste, je mehr er nun sagen würde, desto gemeiner würde diese Drecksau mit ihm umgehen. Er hängte die Hose an den Haken. Siebenundzwanzig, achtundzwanzig.

Na also, sagte die Sau.

Socken, fragte Janek, neunundzwanzig, dreißig, einunddreißig.

Ausziehen!

Niemals hatte er so ein ekelhaftes hämisches Lachen gehört, so ein gieriges Wichserlachen. Zweiunddreißig. Janek bückte sich. Der Gewehrkolben drückte sich gegen sein Geschlecht und ließ ihn nach oben schnellen. Er stand aufrecht. Dreiunddreißig.

Hemd aus!

Vierunddreißig, fünfunddreißig, seine Arme hoben sich, seine Daumen zeigten schon gegen die Schultern, berührten das Schlüsselbein und, siebenunddreißig, zweitgrößter Mückenschiss, die Hände zogen die Träger des Vaterhemdes nach oben. Achtunddreißig, neununddreißig, er durfte die Orientierung nicht verlieren, links neben der obersten Kante des Loches in der Wand ging es weiter. Vierzig wäre das dann. Er zog das Hemd über den Kopf, roch sich selbst, sauer und warm, obwohl ihm so eiskalt war, blieb hängen in seinem eigenen Geruch. Jetzt so bleiben, Kopf im Hemd.

Los jetzt! Der Gewehrkolben hatte seinen ursprünglichen Ort verlassen und stieß nun auf das Stückchen Haut, das zwischen Unterhose und Hemd hervorschimmerte.

Du Pisser, du tust mir nichts! Denken ja, aber halt die Klappe, dummer Janek. Er zog das Hemd über den Kopf. Vierzig, er hatte den Punkt an der Wand wiedergefunden und hängte das Hemd an den Haken.

Weiter, wieherte die Sau, und der Gewehrlauf strich seine Wirbelsäule entlang und trieb das Gummiband der Unterhose Richtung Poritze. Reflexhaft zog er die Hose über die Hüfte. Dreiundvierzig? Er starrte auf die gelbe Wand, das graue Loch, das die Form eines auf den Kopf gestellten Herzens angenommen hatte beim Schauen, oder war es wirklich eines, aber wenn es eines war, warum stand es dann auf dem Kopf, und wer hatte es wem aus der Wand geklopft?

Hör mal Bürrrrschen, wenn du nun nicht sofort –

Kann ich nicht mit der Hose über den Gang, Janek fragte es schüchtern, hoffnungslos eigentlich, er wollte das nicht, und was wäre, wenn dieser Kerl sehen würde, dass er da unten asymmetrisch war? Neunundvierzig, fünfzig. Warum hat der Junge, der das Herz aus dem Wandputz gemeißelt hat, nicht einmal die Initialen des Mädchens danebengeschrieben?

Komm, sagte das Schwein. Der Gewehrlauf streifte ihm noch einmal die Flanke hinauf, ein demütigendes Streicheln, dann hörte er, wie der Franke die Tür öffnete. Dreiundfünfzig. Er drehte sich um, die Unterarme über der Brust verschränkt.

Die Augen des Spitzbärtigen blitzten dunkel und geil. Fünfzehn, wieherte er, dass ich nicht lache.

Janeks Arme waren zu dünn und seine Hände zu klein, obwohl sie doch gar nicht so klein waren, aber eben nicht groß genug, um seine noch nicht üppigen, aber doch wohlsprießenden Brusthaare zu verdecken; sie lagen wie ein dunkler feiner Flaum auf seiner Haut.

Ziert sich, der Knabe!

Janek stellte sich aufrecht hin, obwohl er lieber den Kopf hätte hängen lassen, aber der Vater hatte einmal gesagt: Was auch immer du tust, erledige es mit Würde. Die Hand des Drecksacks fasste nach seinem linken Oberarm, packte für einen Moment zu, aber dann machte sich wieder der kleine Finger selbstständig und strich Janek über die feine Haut unterhalb der Achselhöhle. Er presste den Oberarm gegen die Flanke. Der Franke kicherte. Da ging die Tür auf, und einer der Soldaten aus der Kolonne kam mit einem komplett nackten Jungen aus dem Raum, der weinte. Er war klein und stämmig, trug einen roten Striemen auf dem Bauch wie einen schief sitzenden Gürtel, gut sichtbar, obwohl er mit seiner rechten freien Hand seinen Schwanz bedeckte. Den hatten sie also schon. Einen Augenblick begegnete er seinem Blick, der unter dichten schwarzen Augenbrauen verstört hervorschoss, und Janek blieb an ihm haften, aber die Augen des Leidensgenossen sprachen nicht zu ihm. Janek nickte ihm zu, der Junge senkte den Kopf. In der offenen Tür sah er Männer sitzen. Waren es drei gewesen oder vier, oder waren es erst vier, als der grausame Franke sich auch noch zu ihnen stellte?

He, sagte Biliński zu sich selbst, er zwickte sich mit

Zeigefinger und Daumen in die Wange, wie es früher sein Vater gemacht hatte, da war er noch ein richtig kleiner Junge gewesen. Von Eiswasser gefriert dir der Magen zu!, sagte der Vater. Warum fällt ihm das nun ein?

Ein Gewitter, weit entfernt ein Donner, noch einer, ein fernes dumpfes Grimmen in der Luft, nichts Bedrohliches. Wetterleuchten kann er nicht sehen. In der Nacht liegt man mit geschlossenen Vorhängen, egal ob man ein Privater ist oder nicht. Nachts hat es dunkel zu sein.

Dass der elende Dreckskerl ihn nicht gezwungen hatte, die Unterhose auszuziehen, dass ihm der Schweiß wie ein kleines Rinnsal übers Brustbein hinabgelaufen war, in der schmalen Kerbe sich ein feuchtes Tal gebildet hatte, sein Bauch glänzte, seine Arme, sein Gesicht schweißfeucht waren, als er in diesem Saal vor den drei Soldaten stand, die ihn befragten: Name, Alter, Name der Mutter. Aha. Deutschstämmig, woher? Du lügst doch nicht, schlaues Kerlchen. Wie er nicht zittern wollte, wie er die Füße der Beamten anschaute, wie er die Ösen ihrer Schuhe zählte zwischen den Antworten, wie er versuchte, sich auf alles, was er zählen konnte, zu konzentrieren, als die Ösen bereits gezählt waren: die Fußbodendielen, die Leisten in den Fensterrahmen, die sichtbaren Flecken an den Wänden, was schwierig war, weil er mitten im Raum stand. Drei Lampen, lange Röhren, zogen sich durch die Raummitte, drei Stück, so dass er hell beleuchtet dastand.

Kniebeuge! Eins, zwei, drei!

Und wie er in die Knie ging, die knackten leicht, heute noch, und wie peinlich ihm seine knochigen Knie waren und seine knochigen Schenkel und seine langen schlaksigen Arme, aber alles war besser, als die Unterhose auszuziehen.

Arme heben, strecken. Was tust du eigentlich den ganzen Tag, Bürschchen? Keine Muskeln. Umdrehen!

Und wie einer der Beamten, oder Soldaten, vom Rasse- und Siedlungshauptamt aufgestanden, auf ihn zugekommen war, mit einem spitzen Gegenstand in der Hand, und er, Janek, nicht hatte hinschauen wollen. Und wie er deshalb auf die gestiefelten Füße dieses Mannes schaute, der sagte: Um ein Haar eine Trichterbrust! Und dann giggelnd lachte. Um ein Haar ein Mädchenlachen.

Das stimmte nicht, seine Brust war in Ordnung. Das Problem lag anderswo, aber er wehrte sich nicht. Besser, sie fanden etwas an seiner Brust falsch.

Umdrehen!

Und wie er den Blick auf seinem Rücken spürte, nicht nur den Blick, wie der Stift oder das Stöcklein, der jedenfalls spitze starre Gegenstand seinen Rücken hinabglitt, unangenehm jeden Wirbel nehmend, als fahre er über eine hügelige Straße. Und wie er dachte, nun rutscht er mir in den Arsch mit dem Ding, und »nicht zittern« dachte, bloß nicht zittern; seine Fußnägel waren lang, zu lange nicht geschnitten, und dass seine Zehen auch nicht symmetrisch waren, das nahm er da zum allerersten Mal wahr. Der Stift rutschte unter den Bund seiner Unterhose, dort, wo die Grube begann, hob den Bund an und Janek hatte schreien wollen: Nein! Aber er hielt nicht einmal die Luft an, zählte sich von seinen Zehen voran über die Holzdielen zur Wand, da schnalzte der Bund der Unterhose zurück.

Ein bisschen Fett auf den Rippen würde dir nicht schaden, Bürschchen, sagte nicht der Franke, sondern der im weißen Mantel, und »umdrehen!«.

Da stand er wieder vor den dreien und neben ihm, in nur sehr geringem Abstand, konnte er die fränkische Schwuchtel atmen hören, er konnte sie sogar riechen. Und wie er wieder da rauskam, und zu seinen Kleidern? Die ganze Scheißtortur noch einmal rückwärts, hatte er gedacht, als er mit dem Schwein wieder zurück über den Flur gehen musste, dessen Hand seinen Oberarm umklammerte, dessen Zeigefinger immer wieder über die Arminnenseite Richtung Achselhöhle strich, sich dann wieder zu den anderen Fingern legte, festgezurrte Hand, als könnte er davonrennen wollen, so, wie er war. Er wollte es tun, er wollte es nicht. Und schließlich, schon angezogen, die Flecken an den Wänden von neuem gemustert, sortiert, nach Größe vermessen, nur aufgezählt, nicht archiviert, aber den Versuch gemacht, alles rückwärts zu zählen, achtundfünfzig, siebenundfünfzig, die großen Flecken an der Wand unterm Fenster, abgefallener Putz, sechsundfünfzig, fünfundfünfzig, das war ein Blutfleck, wie vierundfünfzig auch, Spritzer: dreiundfünfzig, zweiundfünfzig, einundfünfzig und so weiter, und noch lange nicht bei null waren sie an der Tür angekommen, das Dreckschwein und er, und die Treppe hinunter, übern Vorplatz und wieder rein in dieses Auto mit dem merkwürdig flatternden Dach. Oder weiß er das nicht mehr richtig? In der Erinnerung ein Geräusch von schlagenden Tauben. Im Auto saß der Junge vom Flur schon neben einem Soldaten auf der Rückbank.

Rück rüber, sagte der Franke, stank nach schwitzendem Mann und sagte zum Fahrer: Zu den andern!

Und setzte sich neben ihn. Und immer wieder versuchte Janek den Blickkontakt mit dem Jungen, der schaute nur auf sich selbst herunter, und Janek glaubte, er weinte, ab und zu zog er den Rotz hoch und röchelte. Und sie fuhren von Zagorzy aus durch die Felder, und er sah, sie näherten sich Gorlow, wohin auch sonst sollten sie fahren, und er hatte keine Ahnung, wohin er nun käme, aber klar, sie fuhren hinein in die Stadt, Richtung Bahnstation. Und in seinem Kopf nur das Rumoren, dass die Mutter es doch wissen muss, und Mili, und wie das gehen soll, wie sie das erfahren würden, sie würden ihn vermissen, und lieber wollte er aber nichts sagen, nichts fragen, denn was, wenn das Schwein Mili zu sehen bekäme, die war doch schön. Und so hatte er geschwiegen, gewartet, hatte immer wieder den zitternden Fuß beruhigen müssen, fest auf den Boden drücken, doch dann war das Zittern im Knie losgegangen, bis er das Knie niedergedrückt hatte, als sei es sein Feind. Der Arm des Dreckschweins war ihm in den tiefen Rücken nachgerückt, als er sich nach vorne gebeugt hatte; als er sich gegen den Widerstand aufrichtete, legte die Hand sich ihm in den Nacken.

Auf dem Hof, über den sie fuhren, standen Lastwagen, rangierten, und so viele Menschen waren da, Kinder, viel jünger noch als er, sicher noch nicht sechzehn. Und das Schwein zog den Jungen aus dem Auto, als der nicht aussteigen wollte, und riss ihn am Ohrläppchen, dass er schrie und dann hemmungslos heulte. Und wie sie in diese Baracke kamen, da roch es nach Holz, modrigem Holz, nach zu vielen Menschen, feucht und warm, zu warm. Alles war voller prall gefüllter Säcke gewesen, wessen Hab und Gut das war? Er hatte ja gar nichts dabei und der Junge auch nicht, und viele andere auch nicht, das sah er, als sie in den Lastwagen stiegen, der sie zum Bahnhof fuhr, das war am Tag später. Und hörte zum ersten Mal das Wort: Umwanderungszentralstelle. Und irgendjemand wies ihm ein Brett als Bett zu, und diesem Jungen das Brett über ihm, aber der Junge hatte Angst, oben zu liegen. Jakub! Und Janek gab ihm sein Brett und legte sich nach oben, da sah er nicht unbedingt hinüber auf die Bodenlager aus Stroh; wenn er nicht wollte, musste er manches nicht sehen; nicht die Anstrengungen der Erwachsenen, stark und zuversichtlich zu sein für die Kinder, denn dann würde er noch viel mehr an die Mutter und Mili denken müssen. Er lag oben und zählte die Streben, die den Saal unterteilten, hin und zurück und hin und zurück, als könnte man etwas falsch machen dabei, als müsste er sich immer wieder versichern. Und unten im Bett heulte Jakub, und er tat ihm nicht einmal leid, weil man so ein Weichei einfach nicht sein durfte, dann konnte man es gleich bleiben lassen mit allem, dann hatten die einen gleich. Aufrecht bleiben! Ein Vatersatz, der half. Als es dunkel geworden war, kannte er sich aus mit den fest installierten Dingen in der Baracke, Holzstreben, Deckenbalken, Fenstern, Türen, Bodendielen, auch jenen über ihm, die sehr knarzten und ihm sagten, dass dort auch noch Leute untergebracht waren, aber dafür interessierte er sich in dem Moment nicht. Er kannte die Zahlen des Saals, in dem er lag. Und war hungrig. Er erinnerte sich noch an den Lastwagen, der hatte eine Flatterplane übergespannt, und wie er und viele andere Burschen, Männer und Frauen dort einsteigen mussten am Morgen, und er versuchte als Letzter, wenigstens als Vorletzter oder als Vorvorletzter auf die Ladefläche zu klettern, weil er Angst hatte, zerquetscht zu werden, und vor dem Geruch dieser vielen Menschen. Und wie er sich nach Izy sehnte, sich vorstellte, er erklömme die Ladefläche, und Izy, freudig wedelnd, sah ihn und sprang tatsächlich hinterher, drängte sich an ihn, setzte sich dicht neben ihn, und er streichelte ihr struppiges warmes Fell, und sie leckte ihm übers Gesicht; wie er sich ein wenig schütteln musste, und mit der Hand den Hundespeichel abwischen, und er sah Izys braune freundliche Hundeaugen vor sich.

Die kleine Schwester? Er hat sie nicht hereinkommen hören. Da war sie.

Izy, sie hätte keine Angst gehabt, wenn ich keine Angst gehabt hätte, und ich hätte keine Angst gehabt, wenn sie mit dem Schwanz gewedelt und sich gefreut hätte, oder jedenfalls nicht so viel. So einfach ist das, sagt Biliński.

Es ist niemand im Zimmer. Keine kleine Schwester. Das Bett ist nass, wie er. Zur Seite rücken, denkt er. Aber das hilft nicht und ist unbequem, dann fällt ihm der Arm über die Kante. Er rutscht wieder zurück. Sie wollte doch gleich wiederkommen. Er wischt die Hand am Bettlaken ab, dort, wo es trocken ist, und schließt die Augen wieder. Wenn er etwas in seinem Leben dringend und früh lernen musste, dann war es, den Kopf vom Körper unabhängig zu machen. Wer im Kopf lebt, überlebt. Wenn er die Augen schließt, geht alles von selbst. Die Ladefläche war voller Menschen, an der hintersten Kante saß er und sah sich fallen. Wenn die Klappe nicht hält, liege ich unten. Dass man leben wollte, obwohl man nicht wusste, was kommt, nur dass alles enden würde, was bisher war, dass nie mehr etwas werden würde, wie es war; deshalb hatte er nicht vom Lastwagen fallen wollen, er wollte leben. Auf der Ladefläche beginnt die Erinnerungslücke, wie er von dort aus in den Zug kam, wie es im Zug ausschaute? Alles weiß er, nur das nicht. An seinen Hunger erinnert er sich, daran, wie der Hunger so müde machte, dass er nur noch schlafen wollte, aber er konnte nicht schlafen, und dass er Berührung vermied. Höchster Schwierigkeitsgrad war das. Gab man Raum frei, nahm ihn sofort jemand ein. Dass er sich in seiner Vorstellung in den Hohlraum seines Bauches begab, dass ihm das gelang, als sei er nur noch darin, in seinem Bauch in seinem Körper, innen, als wäre er darin geborgen, mitten in den Geräuschen des hungrigen Magens, wie ein kleines Tier. Und dass der Hunger dadurch erträglicher wurde. Das stellt er sich jetzt so vor. Aber wie die Lippen trocken geworden waren, das kennt er wieder, seitdem er krank ist.

Nachts klopfen sie nicht an beim Eintreten. Die Tür öffnet sich und jemand steht da. Die kleine Schwester. Wenn sie es war, war alles gut. Jedenfalls besser.

Ich muss mich umziehen, sagt Biliński.

Warum?

Ich brauche ein neues Laken.

Marita geht zum Schrank. Gestreifte Hose?

Es ist mir kalt!

Die kleine Schwester kommt mit der gestreiften Pyjamahose zu ihm herüber und schlägt das Deckbett zurück. Biliński legt die Beine über die Bettkante, langsam lässt er sich auf den Fußboden hinabsinken, bis er sicher steht. Alles ist kalt, auch der Fußboden ist kalt, die Stuhlfläche, die Lehne, die Luft. Er fröstelt, es schüttelt ihn zwei Mal, worüber er gerne gelacht hätte, aber das Lachen wird zu einem merkwürdigen Krächzen, er verstummt und fühlt sich genötigt, etwas zu erklären.

Ich habe geschwitzt. Sagt er.

Die kleine Schwester sagt nichts.

Ich habe in die Hose gepisst und geschwitzt. Sagt Biliński.

Sie wusste sich zu benehmen. Das schätzte er. Aber manchmal wollte er eine Antwort.

Es ist aus mir herausgelaufen.

Dafür können Sie nichts. Sagt sie.

Sie aber auch nicht.

Die kleine Schwester schüttelt den Kopf. Jetzt lacht sie nicht.

Soll ich Ihnen helfen? Fragt sie.

Sie soll bitte lachen, denkt er. Er versucht es noch einmal: Ich bin Ihr Putzjob. Sagt er und merkt, es klingt nicht witzig.

Sie schweigt.

Der nebenan wahrscheinlich auch, sagt er.

Soll ich Ihnen helfen, wiederholt die kleine Schwester freundlich.

Er schaut sie nicht an. Du bist ein Patient, denkt er, denkt er immer dann, wenn er sich nackt zeigen soll; dass er kein Mann ist für eine Krankenschwester, sondern nur ein Körper. Es war gut gegen die Scham, das zu denken. Er hebt sein Gesäß leicht an, damit sie ihm die Hose herunterziehen kann, er stemmt die Arme auf den Stuhl, sein Kopf sinkt ihm zwischen die Schultern und zwingt ihm den Blick auf seinen Schwanz auf, der klein und zipfelig auf zu viel Haut liegt. Biliński richtet sein Kinn gegen Marita, er will nicht sehen, wie alles immer weniger wird an ihm.

Nie spürt man die Stille besser als nach dem mutwilligen Tod eines Tieres, sagt er.

Nach dem Tod eines Menschen, setzt ihm die kleine Schwester vorsichtig entgegen.

Menschen sterben still, antwortet er. Er spürt, dass sich ein Widerspruch in ihm auftut, aber er will den jetzt nicht hören. Von uns gehen, sagt er, was glauben Sie, warum das so heißt: Er ist von uns gegangen?

Sie hat einen Waschhandschuh geholt.

Lassen Sie das doch! Sagt er.

Wollen Sie lieber stinken?

Dann mach ich es selbst.

Sie gibt ihm den Handschuh und schaut ihn an.

Nicht. Sagt Biliński. Drehen Sie sich bitte um!

Die kleine Schwester geht zum Waschbecken und dreht den Hahn auf.

Er reibt sich den Schwanz ab und die Schenkel.

Fertig, sagt er. Seine freie Hand liegt im Schoß, er weiß, dass das nichts besser macht, gar nichts, für die kleine Schwester auch nicht.

Sie nimmt ihm wortlos den Waschhandschuh aus der anderen Hand.

Dann ziehen wir die frische Hose an und ich mache noch Ihr Bett neu. Sagt sie.

Wir! Biliński hört sich fauchen. Jetzt fangen Sie auch noch damit an.

Sie schweigt und bückt sich, der Pferdeschwanz baumelt an ihrem Hinterkopf. Er sieht ihren schmalen Rücken, er sieht sie für einen Augenblick anderswo. Er weiß, wo. Er weiß, wen er sieht, und spürt, dass der Wunsch, ihr das zu sagen, stärker wird: Sie könnten die kleine Schwester sein, von Hannah.

Er sagt, ich mach das selber, und streckt die Hände aus.

Sie schaut ihn nicht an. Auf der Höhe seiner Knie hält sie die Schlafanzughose fest, er beugt sich nach vorne, greift zu, sie steht auf, stellt sich hinter ihn. Das haben sie nicht abgesprochen.

Danke, denkt er.

Sie hebt ihn von hinten leicht an, so dass er die Hose über sein Geschlecht ziehen kann und über das Gesäß.

Danke, sagt er.

Für nichts, antwortet sie.

So hat alles angefangen. Sie waren hinunter auf die Straße gegangen und rüber zu den Streuobstwiesen, da hat er schon gemerkt, das übliche Quadrat wird er heute nicht schaffen. Du musst zum Arzt gehen. Hat Pius, sein Ziehsohn, gesagt.

Mir tut nichts weh.

Trotzdem. Du bist so dünn geworden.

Das kommt vom Alter.

Bitte, geh!
Irgendwann ist es vorbei. Das kommt. Der Tod ist einer, der zeigt sich auch an den lauesten Sommerabenden. Plötzlich ziehst du ein Hemd über das T-Shirt und über das Hemd einen warmen Pullover und darüber den Mantel und den Schal. Milde Luft, dreiundzwanzig Grad Celsius, und du hast keine Grippe. In der Blase wütet der Krebs und dein Spaziergang ist eine Runde ums Haus.

Die Augen fallen ihm zu, er krallt die Hände ineinander, so dass er die Fingernägel in der Haut spürt, die harten dicken Nägel, die weh tun in der weichen Haut; er spürt sich. Der Hund kommt wieder, er kennt ihn schon, sein Begleiter, sein Bewacher, das Tier an seiner Seite. Er bellt nicht, schnappt, er beißt die kleine Schwester ins Bein, er zerrt daran. Biliński lacht. Marita schüttelt sich, nein, sie schüttelt nur den Kopf. Er öffnet die Augen. Natürlich ist da kein Hund, die kleine Schwester sitzt über einem Buch. Er hört die Infusion, sie rauscht, aber das kann nicht sein. Es ist das Blut in seinem Kopf, als schösse zu viel Blut zu schnell durch ihn hindurch. Vielleicht stirbt man so? Wenn das Blut das Tempo erhöht und den Weg nach draußen sucht, durch ihn hindurch, aus ihm hinaus, und ihn findet, diesen Weg ins Nichts, dann ist es aus.

Was lesen Sie, fragt Biliński, er fragt das nicht, weil er es wissen will, nur gegen die Angst ist diese Frage gut.
Ihr Blumenbuch.
Er lacht. Das kann man nur anschauen, sagt er.
Und lernen, die kleine Schwester grinst.

Er stirbt nicht. Nicht jetzt. Kleines Mädesüß. Die Rosengewächse fallen ihm ein. Echtes Mädesüß. Dabei sehen sie gar nicht aus wie die anderen ihrer Gattung. Brombeere, Kratzbeere, Hundsrose und so weiter. Das Gedächtnis macht merkwürdige Schlenker. Bachnelkenwurz. Er denkt die Pflanzen, er sieht sie nicht, er kennt das, es sind Wörter gegen die Angst, es ist eine ganze Stoffsammlung. Entweder es gibt etwas zu zählen, oder Wörter: Ketten, Folgen.

Was lernen Sie? Fragt er.

Pollen sind männlicher Blütenstaub, wussten Sie das? Und dass jeder Teil einer Pflanze, der eine bestimmte Funktion erfüllt, ein Organ ist, das wusste ich auch nicht, sagt sie.

Und wie erwartungsvoll sie schaut. Er hat das Glossar in der Blütenpflanzen-Enzyklopädie lange nicht gelesen, er betrachtet nur die Pflanzenkarten, studiert meistens die spezifischen Merkmale, etwa wie sich Klippen-Leimkraut von Taubenkropf-Leimkraut unterscheidet, und die Zeichnungen.

Ich weiß auch nicht alles, sagt er.

Zum Glück, antwortet die kleine Schwester.

Manchmal ist sie ein Mädchen. Nicht dreißig Jahre alt, denkt er. Vielleicht neunzehn, im Gesicht, in ihren Bewegungen, in ihrem Spiel. In ihrer Sturheit auch. Oder? Er weiß nicht, wie neunzehnjährige Mädchen sind. Er kannte nie eines. Nur eine hat er gesehen, einmal, aber darüber kann er nicht mit ihr sprechen. Noch nicht?

Als er neunzehn war, kannte er Paula, und die war sechsundzwanzig und gar kein Mädchen.

Als ich neunzehn war, sagt Biliński, war ich schon in meinem zweiten Leben.

Wie kommen Sie jetzt auf neunzehn?

Weil Sie so ausschauen manchmal. Sagt er.

Er weiß, was nun passiert: Sie verschränkt die Arme über der Brust, legt das eine Bein über das andere und zwängt den Rist des Fußes hinter die Wade des untergelegten Beins, jenes, mit dem sie sich auf dem Boden abstützt. Eine halbakrobatische Übung. So sitzt sie wie ein halber Mensch auf dem Stuhl. Dabei lächelt sie ihr Mädchenlächeln. Sie mag es nicht, wenn er so etwas sagt, und er macht es manchmal trotzdem. Oder extra. Der Junge fällt ihm ein, der er plötzlich wieder geworden war, als alles vorbei war, als er plötzlich wieder so etwas wie Familie hatte und Onkel Stani ihm half, ein neues Leben zu finden. So lange hatte er die Enyklopädie schon.

Onkel Stani, der hat mich gefunden in Aichhardt, nachdem der Krieg vorbei war. Er war der große Bruder meiner Mutter. Noch bevor alles richtig losgegangen war, ist er schon nach Deutschland gekommen. Er hat Autos gebaut. Sagt Biliński. Können Sie noch bleiben, ein bisschen?

Die kleine Schwester nickt.

Er weiß, manchmal erzählt er zuerst nur, weil sie da ist; geht sie hinaus, erzählt er jedoch weiter, für sich, oder für seine Erinnerung. Aber ohne sie fängt er gar nicht an zu erzählen. Etwas anderes passiert dann in seinem Kopf. Er weiß nicht einmal, ob es einen Ton hat. Wahrscheinlich nicht. Man sieht ja auch nichts. Vielleicht erzählt er sich nur Bilder, vielleicht sieht er nur einen Film, darin kommt er selbst vor. Er ist die Hauptperson.

Das wollte ich auch, Autos bauen. Schließlich wurden es Häuser. Sagt er.

Die kleine Schwester lacht. Auch gut, sagt sie.

Sie ist wieder ein zweibeiniges Wesen geworden.

Wie lange Onkel Stani gebraucht hat, mich aus der Sichtweite seines Hauses zu bringen. Da war ich zweiundzwanzig. In meinem dritten Leben. Als könnte das Haus nicht mehr da sein, wenn ich wiederkäme, oder noch viel schlimmer, Onkel Stani verschwunden sein. Wir haben geübt; monatelang. Ich lief alleine zum Milchholen. Rannte hin und lief nur wegen der vollen Kanne etwas langsamer zurück. Rannte zum Brotkaufen und mit dem Brotlaib in der Hand nach Hause, als müßte ich einen Staffellauf gewinnen. Zum Postamt im Nachbardorf, nicht ganz drei Kilometer entfernt, brauchte man mit dem Fahrrad zwanzig Minuten für Hin- und Rückweg, wenn man trainiert war, das war ich; und in Seelennot war ich auch, also brauchte ich fünf Minuten weniger. Onkel Stani zwang mir Abstand auf, immer längere Distanzen. Zwischenzeiten, die sich vergrößerten. Ich, alleine zu Hause, weil Stani ohne mich in der Stadt Erledigungen machte. Ich, einen Abend, eine Nacht, einen Vormittag, alleine. Wie ein Tier lauschte, lauerte ich auf die Geräusche um mich herum, jene aus dem Keller, aus dem Dachgebälk, jene aus dem Garten und die von der Straße. Jemand könnte kommen, aber wer? Der Krieg war vorbei. Ich war in Sicherheit. Aber nichts war vorbei. Alles kam immer wieder. Ich strich im Haus herum, hangelte mich durch Buchtitel, Buchanfänge, Seiten, blieb nirgendwo für längere Zeit hängen, bis ich Stanis Blütenpflanzen-

Enzyklopädie fand. Diese. Nein, die gleiche. Er hat mir eine geschenkt, dann. So hat diese Sache mit den Pflanzen angefangen, ganz genau. Sagt er.

Seine Frau, Agota, wie sie einmal sagte: Seit wann hast du das? Sie meinte die Besessenheit, sich mit den Pflanzen auszukennen. – Als hätte er eine Krankheit.

Ich lernte zuerst das Glossar auswendig, das Lexikon, wie Sie, sagt er zu Marita. Aber alphabetisch: Achäne – Einsamige Nussfrucht der Korbblütler und der Doldenblütler. Achselständig – Aus der Blattachsel eines Laub- oder Hochblattes entspringend. Und so weiter. Weiß ich noch. Ich kam weit: bis monözisch – Siehe einhäusig.

Deshalb wussten Sie das nicht mehr mit den Pollen, sagt Marita.

Ich weiß das schon noch.

Und mit den Organen?

Das auch. Ist wie bei den Menschen.

Sie stutzt, sie lacht, sie fasst sich an die Stirn: Stimmt! Ihre helle Stimme.

Er sagt nicht, wie gut sie ihm gefällt in so einem Moment, er sagt nicht, wie sehr sie ihn an etwas erinnert, woran er sich gar nicht erinnern konnte, unmöglich war das. Und doch.

Er sagt: »Einhäusig« konnte ich bereits erklären, da knatterte der Käfer die Straße herunter. Ich starrte auf den Hof und freute mich, wie ein sich verlassen geglaubter Hund, als Stani wiederkam. Von jenem Tag an, als ich mich für das Abitur angemeldet hatte, ich hatte ja nichts, Abschluss Mittelschule, er war mir anerkannt worden, von jenem Tag an gewöhnte mir Stani das Alleinsein an.

Abitur musst du haben, bist ein schlauer Bub, sagte Stani, wie der alte Leo, aber ich kann dabei nicht neben dir sitzen. Er hört den Klang seiner Stimme, den Akzent, der nie verging, so gut der Onkel auch Deutsch sprechen mochte. Schlauer Bub, wiederholt er. Onkel Stani hat nach einer Gewöhnungsstrategie gehandelt. Nicht Abgewöhnung, nicht Entwöhnung. Gewöhnung ans Wegsein von zu Hause. Als Antwort auf die Kastaniengeschichte: Nämlich einmal, sagt Biliński – hören Sie noch zu? –, da hat der Onkel mich vor der Schulbehörde aus seinem VW Käfer aussteigen lassen wollen.

Ich bleibe hier sitzen und warte auf dich, hat er gesagt.

Der Parkplatz, eine Fotografie in meinem Gedächtnis, der Parkplatz mit aschgrauem Käfer war umgeben von Kastanien auf müden Erdstreifen, schrumpelblättrige Bäume in Brauntönen schon, Herbst, und noch während wir verhandelten, ich bettelte, dass Stani mit mir zur Schulbehörde kommt, da knallte es auf dem Dach.

Und Stani sagte, nein, das kannst du alleine.

Bomben fielen aufs Auto und waren Kastanien. Kastanien schlugen aufs Blech, rollten übers Dach, prasselten herunter. Und wie die Angst kam, und wie ich befürchtete, dass Stani aus Sorge um sein Auto wegführe, wenn immer mehr Kastanien fielen, Kastanien wie Hagelkörner niederschlagen. Klar hätte ich den Bus nehmen können, auch zu Fuß hätte ich es in eineinhalb Stunden zurück ins Dorf geschafft. Aber die Angst war los.

Ich steige nicht aus, bevor du dein Auto so hinstellst, dass es nichts aufs Dach bekommt. Habe ich gesagt.

Stani hat gelacht, mich sogar ein bisschen ausgelacht.

Ich gehe nicht!

Bis Stani merkte, wie ernst es mir war. Den Kopf schüttelte, aber das Auto in die Parkplatzmitte stellte.

Ich bleibe hier sitzen, sagte mein Onkel.

Aber wirklich!

Wirklich! Hat er versprochen.

Die kleine Schwester hört zu, er spürt es, er kann bei seinen Bildern bleiben, sie geht ihm nicht verloren, sie ist da.

Er, in seinem ersten Männeranzug und im weißen Hemd, hatte sich alles unendliche Male vorerzählt, wer er war: Janek Biliński aus Polen; Zagorzy, und doch längst nicht mehr. Aus Aichhardt aber auch nicht, also aus Gschwag. Wo der Onkel wohnte, war auch er angemeldet. Und warum er nicht in eine Schule gehen wolle, das würden sie ihn bestimmt fragen: Ich bin schon zweiundzwanzig. Dass er selbst lernen könne, dass er früher sogar schon unterrichtet habe, dass ein Freund seines Onkels Lehrer an einem Gymnasium sei, dass der ihm Unterricht gebe, wenn es nötig würde, dass alles Lehrmaterial von ihm stamme. Unzählige Male hatte er sich das probehalber vorgesprochen, und vor allem: dass er sich fürs nächste Jahr zur Schulfremdenprüfung anmelden wolle. Dass er alles könne, nur kein Englisch. Sicher.

Dass man meinem Deutsch nichts anhört, das wollte ich beweisen, und ich kein Polack bin. Das mussten sie meiner Sprache anhören. Verstehen Sie, sagt er zur kleinen Schwester, verstehen Sie das?

Sie zuckt mit den Schultern.

Polack, das war ein Schimpfwort.

Ist es noch immer. Sagt sie.

Damals war es noch ein schlimmeres, für mich jedenfalls. Aber ein Deutscher wollte ich auch nicht sein. Ich wollte ein sehr gut deutsch sprechender Pole sein, dem man das Polnischsein genauso wenig anhörte wie ansah. Und zur Not doch lieber ein Deutscher als ein Polack, weil mir dann nichts passieren konnte. So habe ich gedacht.

Warum wollten Sie denn kein Deutscher sein?

Weil die schlimm waren, leuchtet Ihnen das nicht auf der Stelle ein, Herrgott! Weil die waren wie der Franke.

Die kleine Schwester senkt den Kopf. Nicht alle, bestimmt nicht, sagt sie.

Was wissen Sie denn? Er spürte seine Wut. Sie haben keine Ahnung!

Sie stand auf.

Herrgott, nun hauen Sie nicht gleich ab!

Warum sagen Sie so was? Sie fragt es ganz ruhig.

Er sagt nichts. Er spürt neben sich das Zögern der jungen Frau, die Ambivalenz in ihrem Körper, gehen oder bleiben. Er kann sie nicht festhalten, doch er könnte, aber er hat sie noch nie angefasst. Sie soll dableiben, bitte. Du kannst ungerecht sein, hört er Agota sagen. So hatte das seine Frau immer genannt; das war eine freundliche Deutung.

Es tut mir leid, sagt Biliński. Bitte bleiben Sie! Bitte!

Sie zögert. Aber das war schon mehr ein Innehalten, reglos, neben ihm, die Beine still. Merkwürdig, was sie dann macht, wie ein Hund dreht sie sich um die eigene Achse. Und setzt sich wieder. Nicht den Kopf schütteln, Janek, denkt Biliński. Nicht. Er schaut sie an, weil er ihre Augen sehen möchte, aber sie schaut nicht zu ihm, er kann warten, er schaut auf ihr Kinn, aprikosig ist das, auf ihre Lippen, die dagegen schmal sind und in der Wut nicht mehr da. Er weiß nicht viel von ihr, aber mehr als von der jungen Frau, an die sie ihn wieder und wieder erinnert.

Bitte, sagt Biliński, seien Sie jetzt nicht böse auf mich.

Sie hebt kurz das Kinn, blickt ihn an, er sieht das Funkeln in ihren Augen, das letzte Glimmen ihrer Wut.

In Ordnung, sagt sie.

Gut. Sagt Biliński.

Ich bin aus Stanis Auto ausgestiegen, die Mappe mit den Unterlagen in der einen Hand, den Griff der Autotüre in der anderen, im Kopf augenblicklich eine vollkommene Leere und der eine Satz: Ich bin Janek Biliński. Ich bin Janek Biliński. Ich bin Janek Biliński. Als sei ich in einer Endlosschleife, im Ohr plötzlich ein Spechtklopfen, tock, tock, tock. Ein Summen rutschte mir auf die Lippen, so dass ich dachte, ich werde verrückt. Hör auf, habe ich zu mir selbst gesagt, aber das Summen kam wie Schüttelfrost aus meinem Körper, ein angstvolles Tönen, als klapperte ein Vogel Warnsignale. Nichts half. Ich konnte es nicht sein lassen, auch dass ich in kürzester Zeit sowohl die Anzahl der Bäume auf dem Parkplatz gezählt hatte, als auch der Autos, die da standen, brachte mich nicht aus meiner Not. Das Summen hing fest. Wimmerte zwischen Kehlkopf und Hinterkopf und machte mich zu einem Irren. Die Hand an der Autotür, fühlte ich nur dies sich einbrennende Geräusch und die Unmöglichkeit, einen einzigen Schritt zu tun. Es schien eine Unendlichkeit vergangen zu sein, bis mein Onkel bemerkte, dass irgendetwas nicht stimmte mit mir, und er stieg aus dem aschgrauen Käfer aus, schaute mich an, aber schwieg. Die Tür schlug ins Schloss. Nun kommt er und schlägt mich, dachte ich. Der Onkel lief ums Auto herum und löste mir die Hand vom Türgriff.

Komm, sagte er, ich gehe mit dir.

Wie lange hat er daran nicht mehr gedacht! Eine schiere Ewigkeit. Seine Hand war ein Klammeraffe gewesen, eine Krampfhand. Spastisch.

Das Gefühl, mutterseelenallein zu sein, war eines tief drinnen. Es kam immer wieder. Bis heute liegt es stumm in ihm, manchmal wacht es auf.

Wie die Angst wieder wegging, wann sie mich verlassen hat? Er schüttelt den Kopf, er weiß es nicht mehr.

Ich bin müde, sagt er, das ist furchtbar.

Nein. Sagt die kleine Schwester, das ist gut.

Ich schlafe nicht!

Ja.

Er hört die Uhr vor seiner Zimmertüre, das Weiterrücken des Zeigers. Nachts, wenn alles ganz still ist in der Villa, wenn die kleine Pflegeeinrichtung frei ist von Besuchern, wenn nur die Halbtoten und Todkranken in ihren Betten ihren Gedanken nachhängen und nur manchmal einer laut schreit, laut spricht, sind auch die Schwestern und Pfleger ruhig, gelassen, sofern nicht etwas Unerwartetes passiert. Ein Arzt schläft oben im Turmzimmer. Wie ein Hausherr. Und er, Biliński, denkt manchmal, ich halte Wache. Über alle. Ich halte den Tod in Schach, ich erzähle ihm so lange, bis er einschläft, Nacht für Nacht, so funktioniert das Überleben. Er weiß, wie das geht. Er kennt es. Er gibt diese Strategie nicht preis. Aber sie hilft ihm schon eine ganze Weile. Es wird nicht leichter, das Erzählen. Er denkt an die Nächte, in denen er von Agota erzählt hat, und wie die kleine Schwester begann, sie zu lieben: Sagen Sie es mir genau, wie sah Agota aus, was hatte sie für eine Stimme? Augen? Haut?

Sie ist hier gestorben. Hier im Haus. Sie war noch schön, auch ohne Haare.

Er hat alles erzählt, auch ihren Körper erzählt, aber nicht so, wie er ihm nun in den Sinn kommt, warum nun in diesem Augenblick? Er war doch schon ganz woanders, er war so weit schon in die Vergangenheit geraten beim Erzählen. Das Gedächtnis ist nicht mehr zu kontrollieren, hatte Onkel Stani damals gesagt, als er merkte, ihm kommen Wörter abhanden, Namen, ihm kommt seine Geschichte abhanden. Es ist, als risse jemand Ausschnitte aus einer Zeitung, hatte Stani immer wieder gesagt. Biliński hatte sich unscharfe Kanten vorgestellt, die um ein Loch rankten. Ihm geschieht das Gegenteil. Seine Erinnerung blüht. Bäume machten das doch so vor dem Sterben.

Er hört, wie Marita aufsteht, er sagt nichts. Er hört ihre ruhigen Schritte, wie die Tür über den Linoleumboden streift, hin und zurück, wie die kleine Schwester sie ins Schloss zieht. Es ist noch nicht zweiundzwanzig Uhr.

Tschüss, bis im nächsten Leben. Agotas warme raue Stimme, ihr Lachen im Weinen, Agotas leichter Körper. Du lässt dich dann hinter mir begraben, so dass wir wieder liegen wie immer.

Okay, hatte er gesagt.

Weine nicht, sie. Wie immer.

Agotas kleine Brüste in seinen Händen, rund und fest. Die Rippen fast zählbar, jedenfalls wenn er mit den Fingern darüberkletterte, Agota flach auf dem Bett liegend, mädchenhaft, leichtgewichtig, die Beine spreizend, sobald sie seine Hand spürte, weit spreizend, als wolle sie seine ganze Hand aufnehmen, und er kletterte mit der Hand über ihre Hüfte hinunter auf ihre weichen, aber trainierten Schenkel, wanderte hinab ins Tal und über ihre Scham hinweg. Seine Hand legte sich auf den Hügel, drückte zu, rieb ihn, unterdessen nur der Zeigefinger über die kleine Insel strich, die anderen Finger sich bereit machten, sich nach und nach beweglicher zeigten, Agota die Beine noch weiter spreizte: Schau hin, schau mich an! Biliński spürt, wie ihm wieder das Wasser in die Augen drückt, trotz der körperlichen Erregung; da war etwas Heiteres, Aufgeregtes plötzlich in seinem Körper und eine Trauer zugleich, sie stritten sich nicht. Und während er mit der Hand langsam seinen Schwanz reibt, legt sich die Nässe wie ein Tuch auf sein Gesicht, in die Mundwinkel, er leckt das salzige Wasser ab, Agotas feste glatte Haut an seiner, ihr Bein, das ihn umklammert, Agota so dicht an ihn gedrängt, da kommt er in ihrer Hand.

Sehr lange schon hat er nicht mehr weinen müssen. Und eine schiere Unendlichkeit nicht mehr daran gedacht, wie das gewesen war mit Agota, wie schön. Es ist gut, dass die kleine Schwester nicht da ist.

Er lebt ja noch!

Jetzt laufen sie wieder los, vom rechten Ohr aus über die Wange, vom rechten Ohr aus zum Auge hin, vom rechten Ohr aus unter dem Mund vorbei, hin und zurück, immer den gleichen Weg, dreispurig. Immer hin und zurück. Er wischt sich mit der Hand über das Gesicht. Nichts verändert sich. Er wischt noch einmal darüber, die Wange ist schorfig. Er schrubbt mit den Nägeln über den Schorf, spürt Feuchtigkeit, Blut.

Lassen Sie das!

Die kleine Schwester ist aber gar nicht im Zimmer. Er öffnet nur einen Moment lang die Augen, alles ist still, nur die Lampe an seinem Bett brennt, nur die Lampe in der Ecke brennt. Es ist egal. Ablöschen. Löschen. Es ist dunkel hinter den Lidern. Der Tod, ob er es spürt, wenn er sich ankündigt, wenn er wirklich kommen will, ob das so sein wird wie heute? Jeden Tag fragt er sich das. Und dann? Licht aus? Licht aus geht leichter als Licht an. Licht aus. Ganz einfach. Ob man dann allein sein wird? Es ist dunkel hinter den Lidern. Über seine Wange läuft etwas Feuchtes. Die Ameisen stehen auf der Stelle, es fühlt sich rot an, ein Trippeln, ein Brennen. Kein Stechen zum Glück. Der verkrebste Lymphknoten drückt auf den Nerv. Irgendwann werde das sehr weh tun, das hatten sie längst prophezeit. Jetzt bekommt er zwei Schmerzmittel. Gemischt. Herausmachen ist zu gefährlich.

Naumann, sein Arzt: Schauen Sie, der ist so verbacken mit dem Nerv, eine Operation ist viel zu gefährlich.

Seither regelmäßig die Bestrahlungen.

Naumann: Bestrahlung funktioniert wie ein Sparbuch. Toller Satz.

Was einem einfällt, und warum und wann? Kettenreaktionen sind das im Kopf, aber wie sie funktionieren, das versteht man nicht immer. Sagt er, fragt er die kleine Schwester, als sie wieder in seinem Zimmer steht; er hat sie vergessen gehabt, er sitzt fast aufrecht im Bett.

Wie es ohne Agota war, als sie noch lebte, fällt ihm jetzt ein. Immer ein Fehlen, immer eine Lücke, wenn sie nicht da war, wo er war. Und immer die Angst, sie könnte nicht mehr da sein, wenn er wiederkäme, oder nicht mehr wiederkommen, wenn sie weg war. Und immer wieder der Versuch, der nicht recht gelingen wollte, Agota von der Sorge nichts zu zeigen, die eingebrannt war in seinen Körper wie ein Mal, eine Wunde, eine, die gar nie verging und immer wieder ausblutete. Auch nach ihrem Tod war das Leben weniger schön ohne sie, doch merkwürdigerweise konnte er sich an ein Leben ohne sie gewöhnen. Sie war da, in ihm, bei ihm. Tot war sie lebendig. Die Verlustangst war weg. Paradox war dieser Zustand.

Man denkt in Kurven und um Ecken, sagt die kleine Schwester: Das Gehirn ist ein Flipperautomat. Sie lacht, der Pferdeschwanz wippt.

Er denkt an eine Schaukel, er denkt daran, wie er, noch gar nicht so ganz lange her, wieder dorthin fuhr, wo er herkommt.

Sie machen mich froh, sagt er. Er sagt nicht, kennen Sie Polen, er fragt sich nicht einmal, ob sie hören will, was er zu erzählen hat.

Kasztany jadalne. Esskastanien, sagt er, alles voll mit diesen Igeln, und zwischen diesen stacheligen Dingern auf dem Sand rannten zwei Hunde herum, wie Hasen in einem Feld, bellten, liefen durch den Wald hinab zum Meer, streiften die Wellenkante, dass das Wasser nach allen Seiten spritzte, bellten wieder, zuerst der eine, dann der andere, schließlich beide fröhlich, raufend; ein braunroter und ein schwarzer. Sie machten einen Bogen wieder hinauf zum Wald, wieder hinunter durch den Sand zum Wasser, umkreisten ihn ohne Absicht, dann rief eine Frau. Zu weit weg, um es verstehen zu können, aber die Hunde verstanden und verschwanden. Ich hatte mich auf einen Baumstumpf in der Sonne gesetzt, die Stadt, Gdynia, habe ich nicht sehen können von dort aus, aber hinter mir war der Wald gewesen mit den Maronenbäumen, von denen die Igel fielen, so haben wir sie als Kinder genannt, jeż.

Erst nachdem Agota gestorben war, bin ich dorthin zurückgefahren.

Warum?

Lass uns mal hinfahren, in deine Gegend, dein Dorf! Agota hat das immer gesagt.

Und genau dies habe ich nicht tun wollen.

Warum nicht? Maritas ruhige Stimme.

Er liebt es, wenn sie fragt.

Ich weiß es nicht. Ich will das alles nicht mehr sehen, habe ich zu Agota gesagt, damals.

Seine nächtlichen Träume: Er befindet sich in einem Güterzug, es wird laut, kreischend laut, Ketten um seine Hände, so schwer, so groß, als seien sie fürs Vieh, und über ihm standen riesige Männer; fiebrig waren diese Träume, alles darin schmutzig, die Kinder, die Tiere, der Fußboden, die Luft, die Stimmung. Er alleine in einem Waggon, festgebunden an Händen und Füßen. Er, eingeklemmt in einem winzigen Zwischenraum, er will sich durch einen Spalt zwischen zwei Holzplatten drängen, draußen Wasser, nur Wasser, dann Menschen im Wasser, die schrien. Nass geschwitzt wachte er neben Agota auf, die auch wach war, weil er geschrien hatte im Traum. Agota, die ihn von hinten umfasste, umarmte, wenn er zitterte, umklammerte, damit er wieder einschlafen konnte. Der Zug fuhr wieder los. Nächteweise der Zug, der Krach, bis es nach sehr vielen Jahren einmal vorbei war. Der Weg nach Deutschland war immer wieder zurückgekehrt. Wie er wirklich hierherkam, das hat sein Gedächtnis jedoch gelöscht. Aber warum er nicht nach Polen reisen wollte, das hatte er so gut wie Agota gewusst. Er hatte Angst gehabt, vor seinen Erinnerungen oder vor der Leere, nämlich dass er gar keine Erinnerungen hatte, außer jenen wenigen, die er ihr immer wieder schon erzählt hatte. Vor dem Gefühl der Schuld. Weil es ihm gut ging. Seine Eltern, Mili, waren tot. Er hatte gewonnen, das größtmögliche Glück im Unglück.

Ich habe mir Blasen gelaufen im Salzwasser und Sand, mich gefragt, ob meine Haut, als ich ein Kind war, auch so empfindlich war, versuchte mir das Leben vorzustellen von damals, wo es doch nichts gab, keine Fotografien, keine Zeichnungen, gar nichts, nicht einmal einen einzigen Stein. Im Stadtmuseum zwei Postkarten von damals. Und meine Verblüffung über die mangelhafte Erinnerung! So soll das gewesen sein hier? Dass ich das Haus, unser Haus wiedergefunden habe, dass es das Haus überhaupt noch gab, beides war ein Wunder gewesen. Ich habe immer gedacht, man habe das Meer sehen können, in der

Ferne, dass es ein weiter Weg war zum Strand, das wusste ich noch, aber so weit! Und dass man das Meer eben nicht sah. Auch damals vermutlich nicht sah. Kapitanska. Das Wort kam mir in den Sinn, beim Gehen am Hang, flog herbei; stimmte das, war das der Straßenname? In den Schuhen haben meine blasigen Füße geschmerzt. Vielleicht war die Temperatur draußen ganz ähnlich gewesen wie heute? Aber er weiß ja nicht einmal genau, wie es draußen ist heute; ein Luftzug durchs Kippfenster ließ nachmittags milde Spätsommerluft hereinwehen, jedenfalls kam ihm das so vor. Oder?

Es war ein schöner Tag heute, sagt Marita, warm. Sommer im Herbst. Sie lacht.

So war es auch, sagt er, wahrscheinlich so.

Ich spazierte mit suchenden Blicken. Übte Kinderschritte beim Gehen, trippelte, tapste, beobachtete Fünfjährige, Sechsjährige, wie kleine Schritte die machten, das musste für mich, als Junge, doch ein Halbtagesmarsch gewesen sein zum Strand, dachte ich, als ich mich meinem Ziel näherte. Niemals konnte es dort gewesen sein. Ich drehte wieder um beim ersten Mal. Ich lebte mit einem Bild von meiner Kindheitsstadt, die noch gar keine Stadt gewesen war; grünes Land, Wald, Hügel, ein paar Villen am Hang, ein paar Häuser, dorfähnlich, der Hafen, der Strand, es war immer Sommer in meinen Erinnerungen. Das Bild von meinem Vater, barfüßig, mit hellen Haaren auf dem Spann des Fußes, dass man sich an so etwas erinnerte, mit langen Hosen und Augen, so leuchtend blau, wie das Meer. Stimmte das denn? Ich zweifelte. Mili im Kinderwagen, oder? Klein auf jeden Fall. Von meiner

Mutter: kein Bild aus dieser Zeit. Wo war sie gewesen? Hatten wir Izy schon gehabt, oder erst später? Im Aquarium schoss ich Fotos von kleinen Quallen in Weiß, durchscheinend, leicht und kumulusartig aufgeplustert, die so schwerelos durchs Wasser schwebten, dass mir das Glück heiß in den Kopf schoss. Auch alleine war das Leben weitergegangen, der Bilderstrom hat mich unmittelbarer, ungefilterter erreicht als früher in der Gegenwart von Agota, als ich alles mit ihr geteilt habe. Man muss nur das Schweigen, die stille Bewegung von Worten und Bildern im eigenen Körper aushalten; und manchmal einen Ausfallschritt machen, zwischen all den ruhigen gleichmäßigen, oder nach einem Blitzstart zur nächsten Laterne rennen.

Sie lacht.

Manchmal habe ich das gemacht, dann haben Kinder auf der Straße gelacht, und ich auch. Das war eine unerwartete Erfüllung gewesen. Manches wird für immer vorbei sein.

Er hört die kleine Schwester atmen neben sich, ruhig, gleichmäßig. Sie ist deine Krankenschwester, muss er sich immer wieder sagen: Alles ist sie für ihn, und die eine, die am meisten. Das Wort, so groß nun schon in seinem Kopf. Tochter. Nicht daran denken. Weiter. Das sagt er nicht.

Dass er die Endlichkeit mit Agotas Tod verstanden hat. Aber die Unbeweglichkeit des Körpers nicht. Das Leben jetzt geschieht im Kopf.

Hören Sie mir zu?

Ja.

Unvermittelt war ich vor dem Haus gewesen, da stand ich in meinem ehemaligen Klassenzimmer, und es sah fast aus wie damals, im ehemaligen Schulhaus meines Vaters. Aber es roch anders. Die Grundschule war eine Kneipe geworden, Bierlokal. Ich habe mich auf einen Stuhl gesetzt, neben mir am Tisch ein Mann in einem speckigen Anzug, der immerzu mit dem Fuß und seinen Händen den Rhythmus der Musik klopfte und dazu summte, sang, irgendetwas, in sich selbst versunken, den Nacken gebeugt, mit hängendem Kopf, vor ihm sein Bier, neben ihm eine Frau mit dünnen Haaren, seine Frau vielleicht, die, wenn er zu laut wurde, etwas zu ihm sagte. Der Mann gab Antwort, die Frau schwieg, der Mann schwieg, sein Fuß fand den Takt wieder, seine Stimme eine Melodie, und wieder und wieder dasselbe. Ich habe sie nicht weiter beachtet. Ich sah das Schulhaus vor mir, keine Vorhänge vor den großen Fenstern, draußen die dichten Bäume, drinnen bei Sonne und kleinem Wind Schatten von sich bewegenden Blättern an der Wand, sich immerzu verändernde Zeichnungen. Das Lehrerpult dort, wo der Tresen stand, sah mich und meinen Freund Rafi am linken Rand des Zimmers, in maximaler Entfernung vom Fenster, erste Reihe. Außenstürmer. Offensiv. Und so eine Erinnerung an juckende Wollstrumpfhosen hat sich eingeschlichen, die ich tragen musste, dicke braune kratzige Strumpfhosen. Viel lieber habe ich den schwarzen Anzug am ersten Schultag getragen, dazu ein Hemd, gebügelt und mit gesteiftem Kragen, und weil ich so einen kurzen Schulweg hatte, der ging nur die Treppe hinunter, bin ich in den vier Schuljahren immer am ersten Tag nach den Sommerferien im Anzug an der Hand meiner Mutter einmal hinübergelaufen zum Lebensmittelgeschäft und dann wieder zurück. Damit man mich sah.

Er sieht es nicht, aber er weiß es noch. Er war stolz gewesen auf seine schöne Mutter, die sich besonders schön gemacht hatte am ersten Schultag, die Haare toupiert, wie an Sonntagen, und glänzende Strümpfe unterm Rock trug, und wie gerne er sie angefasst hätte, weil sie duftete und ihre Haut so leuchtete, aber das mochte sie nicht, genauso wenig wie küssen. Alles war ihm wieder eingefallen beim Umherschauen in dieser rauchigen Kneipe, dass die Schuhe der Mutter auf den Holzdielen Geräusche machten, jene seines Vaters nur am Sonntag. Der Zeigestock des Vaters, mit dem er manchmal während des Schulunterrichts über die Dielen gestrichen hatte, gleichmäßig wie ein Metronom, wenn er auf eine Antwort wartete, oder unruhig geklopft, damit es still wurde im Raum.

Die Musik war ausgegangen in der Kneipe, als ich dort stand, niemand war aufgestanden, um den Automaten wieder anzuwerfen, nur dies Singen des Mannes war lauter zu hören, er schlug einen Rhythmus zur verstummten Musik. Ich habe Kleingeld aus der Hosentasche gekramt, die Musikbox inspiziert, aber es gab nichts, was ich kannte, ich warf den Zloty trotzdem ein, weil ich den unbegleiteten Gesang des Mannes nicht ertragen konnte, drückte irgendetwas, und wünschte für einen Moment, schneller zu sein als meine eigenen Gedanken. Ihnen davonfahren zu können, wenigstens das Gefühl zu haben, es versuchen zu können. Oder einfach nur auf der einen schnurgeraden Straße die Halbinsel Hela hinauf bis Hel fahren, zum Leuchtturm, hinaufsteigen, aufs Meer zu gucken, hinuntersteigen und mich ganz flach in den Sand legen, warten, bis die ersten Sandkörnchen die Brille bedeckten.

Und dann ist dieser Mann aufgestanden und hat zu mir gesagt: Znam Cię! Dich kenn ich!

Sein Blick war dunkel, durchdringend, gewiss. Er wartete.

Ich schwieg.

Und er sagte: Doch, du warst schon mal da.

Und ich sagte: Wer bin ich?

Und er sagte: Der Junge vom Pastor.

Der Mann hat den Takt geklopft. Ich bin in die Stadt hinabgelaufen, ins Hotel. Man kann denken, einer ist verrückt, aber man kann auch denken, der erinnert sich an etwas, auch wenn er verrückt ist. Ein Pastor ist von einem Lehrer nicht weit entfernt. Warum habe ich ihn nicht gefragt, wer er ist?

Sie hatten Angst!

Wovor?

Die Lider liegen ihm wie ein schweres Federbett über den Augäpfeln. Er schüttelt sich, so wird man wach, denkt er, aber sein Körper macht nur schwache Bewegungen, sein Kopf drückt sich ins Kissen hinein. Er hält still.

Die Nummer, er kennt sie auswendig, er kann seinem Finger zuschauen, wie er in die Ringe der Wählscheibe sticht, sein Finger sieht aus wie ein Kugelschreiber, sein Finger ist ein Kugelschreiber. Er sieht die Zahlen, er kennt die Zahlen, die Reihenfolge ist einfach. Die Nummer ist sein Passwort. Es ist genau die gleiche Nummer. Er hält den Hörer in der Hand, acht, der Kugelschreiber steckt fest in der Wählscheibe, er zerrt ihn heraus, er sieht die Flüssigkeit, sein Finger macht alles nass. Das Telefon! Die Flüssigkeit wird rot, das Telefon ist voller Blut. Der Hörer fällt von der Schnur.

Er reißt die Augen auf. Dass er es also versucht, dort anzurufen, denkt er.

Marita?, fragt er.

Ja?

Ich habe wohl geträumt.

Sie haben gearbeitet. Sie lacht.

Ich möchte nicht einschlafen.

Ja.

Ich habe eine Nummer gewählt, im Traum, sagt er.

Und wen haben Sie angerufen?

Er weiß es ganz genau.

Ich weiß es nicht, Biliński schaut die kleine Schwester nicht an.

Das soll ich Ihnen glauben? Sie flirtet mit ihm, er hört es, sie will etwas wissen.

Na ja. Sagt er.

Der Ackerrain fällt ihm ein, als wollte dieses ruppige Gestrüpp am Bahndamm helfen, nicht daran zu denken, woran er immer mehr denken muss. Gelbe Ginsterblüten, Johanniskraut, das Schrubben von struppigen Kräuterstängeln und üppigen Sträuchern auf Armen und Beinen, die Erinnerung, dass Izy sich weigerte, über die scharfkantigen, rutschenden Schottersteine den Bahndamm hinaufzusteigen. Bis er schließlich eine Stelle gefunden hatte, zartes Buschwerk wuchs dort, er weiß nicht, was das war, aber man konnte hindurchkriechen, und dort haben er und Izy immer den Bahndamm überquert, hinüber Richtung Bocnia zum Wald.

In der Nacht, bevor ich von Gdynia aus losfuhr Richtung Krakau, noch bevor ich mich überhaupt aufgemacht habe, mein Elternhaus zu finden, in das wir gezogen sind, als ich zehn Jahre alt war, hatte ich einen Traum. Der so ähnlich immer wiederkam. Ausgeweidete Häuser, Paula und Paulas Schwester und Leo, der Alte, stehen in den Knochen eines Mundes. Über ihnen das Gebein des Gaumens, der Himmel leuchtet blau durch ein Geäst aus schmalen Rippen, daran hängt Fleisch. Und keiner wusste Bescheid, was hier los ist, niemand, was geschehen war mit dem Haus und woher das Fleisch kommt, niemand, was geschehen sollte. Nie kamen sein Vater und seine Mutter in den Traum. Mili nicht. Nur Izy.

Solche Träume erzählt man nicht, sie erschrecken andere nur. Das Haus ein Mundgebein.

Jetzt hab ich es Ihnen erzählt. Sagt er.

Sie sagt nichts.

Die Bilder sind ganz nah: Die Siedlung in der Senke, fünf Häuser, und wenn man hinterm Haus beim Holz saß, sah man den Hügel hinauf, und von weitem schon, wenn einer hinabgelaufen kam, schon von weitem auch die Autos und wusste, dass es zu spät war, wenn es die falschen Autos waren. Er weiß noch, wie er da stand und alles vor sich sah, viel deutlicher, als er es erwartet hatte. Ein Bilderschauer, ein Zappen im Kopf, Stimmen, Namen, Sätze, Bewegungen, Menschen hinter dem Schwingen einer Schaukel, die Bäume. Da kam der Vater den Hügel herabgerannt, schmal, schnell, aufgescheucht wie ein Reh, und wie er stehen blieb, als er bei der Holzbeuge ankam, sich anlehnte, zusammengekrümmt, kaum atmen konnte, und schließlich, als er wieder Luft hatte, hervorstieß, dass die Schule umstellt gewesen sei, ein schlechtes, ein furchtbares Zeichen. Dass er nicht wisse, wie und warum er da überhaupt rausgekommen war, dass sie jetzt alle mitgenommen hätten, die anderen drei Lehrer, und auch ältere Mädchen und Jungen, und dass niemand etwas tun könne, dass das noch schlimmer käme. Nur ihn hätten sie nicht gewollt, oder nicht erwischt, warum mich nicht, hatte der Vater gesagt. Fast klagend. Oder interpretiert Biliński das erst jetzt so? Es war der Tag, an dem die Angst begann.

Mein Vater, er sagte, er habe gesehen, dass auch an Häusern geklingelt wurde. Diese deutschen Schweine! Er fuhr sich mit der Hand durch den Bart, mein Vater, anders als sonst, Biliński versucht es nachzuahmen, aber da gab es nichts mehr an seinem Kinn, außer einer Art Raufaser. Vaters Hand strich das Barthaar vom Kinn aus hastig glatt, immer und immer wieder, sehr schnell, aufgeregt, und zwirbelte es schließlich zusammen, trieb es mit den Fingern zu einem schmalen Strang, dabei lief mein Vater hin zur Birke und her zur Holzbeuge, aufgeregt, aufgewühlt. Sprach nicht mehr. Biliński sieht alles wieder, jetzt, wo er davon spricht. Den Vater im Anzug, die im Sonnenlicht glitzernde Birke, neben der alten Königin, der Linde, den geschotterten Hof, die Holzbeuge. Die Vaterhand mit dem Siegelring des Großvaters, sehr knapp geschnittene Fingernägel, große Hände, nicht fein, schön aber, nicht grob. Der Ring wäre irgendwann meiner geworden.

Wäre, wenn, geworden. Das sagt er nicht.

Er sagt: Und wahrscheinlich hat er dann nach Katha gerufen. Nach Mutter. Katha. Nach seiner Frau. Er rief nicht: Katharina. Immer, wenn er aufgeregt war, rief er nach ihr. Katha! Sie sollte dorthin kommen, wo er gerade stand. Genau dort hin. Immer war das so. Und immer hat sie das gemacht. Er hört eine Anklage in seiner Stimme.

Ist doch schön, sagt die kleine Schwester.

Unterwürfig. Sagt er.

Sie sind ungerecht. Sagt die kleine Schwester.

Er weiß nicht, warum er nicht gut von seiner Mutter denkt. Als hätte sie ihn verlassen. Aber er hat sie verloren unterwegs, das Muttergesicht verwischte und verschwand, schaute noch einmal kurz hervor hinter jenem von Onkel Stani, aus den Zügen und der Mimik ihres Bruders heraus, ihre Augen bewegten sich in seinen Augen, ihr Mund verging in seinem, bis nur noch Onkel Stani blieb. Seine Familie. So lange schon sieht er sie nicht mehr.

Er antwortet der kleinen Schwester nicht.

Er sieht die Hand des Vaters auf dem kräftigen Rücken einer Frau, die die Mutter war, er sieht kein Gesicht, der Vater im Arm der Frau, die auf ihn einsprach, beruhigend seinen Arm streichelte, der fuchtelte hin und her, und auf und ab, als müsse er den Raum schaffen, der ihm gerade genommen worden war. Aber was er und Mili getan hatten, das wusste er nicht mehr. Er spürt die Aufregung dieses Nachmittags, alle bewegten sich unruhig, taten nichts und doch so viel, umherschauen, umhergehen, immer wieder den Hügel hinaufspähen, schließlich fegen und auf einen Baum klettern, einen Ast abhacken, der an ein Fenster drückte, ihn kleinhacken, das Laub weg. Im Sommer schneidet man keine Bäume. Als sei das schon egal gewesen. Er kann das doch gar nicht mehr wissen. Er weiß es aber; wie der Vater weinte. Ein Vorbote war dieser Tag gewesen, sagt er, auf die schlimmeren, die bald kamen. Das wissen Sie aber schon!

Ein Dröhnen ist das in seinen Ohren, das bis in seinen Körper dringt wie Schmerz, er will ausatmen, aber es ist eng, es ist zu viel los. Er starrt auf die Hände, sieht die Narbe, es sind seine Hände. Er sieht sich von oben. Er liegt zwischen riesigen Männern, vielen, sie reichen bis an die Decke des Raumes, in dem es dröhnt. Da liegt noch etwas. Der Hund ist ein totes Tier. Er will schreien. Es geht nicht. Er will die Hände bewegen, es geht nur langsam, ganz langsam. Dem Hund die Augen schließen. Weiß er denn nicht, dass das nicht gelingt bei toten Tieren? Alles ist schmutzig, mit den Schellen um den Arm wird er nie durch die Ritzen nach draußen kommen, das wird nicht gelingen. Er sieht Wasser durch die Ritzen, viel Wasser, Menschen im Wasser, bis zum Kopf nass, nur er hat Durst. Jemand hält ihn am Arm fest, drückt ihm den Oberarm, er will schreien.

Herr Biliński!

Die kleine Schwester steht an seinem Bett. Wie schaut sie ihn an? Er ist noch da. Er möchte lächeln, aber es gelingt nicht. Er macht eine Grimasse, das weiß er.

Sie haben geträumt, sagt sie ruhig. Schlimm?

Er schüttelt den Kopf, aber das geht nicht gut, zu tief liegt er in den beiden Kissen. Ich habe wahnsinnigen Durst, sagt er.

Das ist gut, sagt die kleine Schwester.

Das ist gut, das ist gut, sagt Biliński stimmlos, was ist an solch einem Durst gut?, sagt er laut.

Sie hält ihm den Trinkbecher hin, Tupperware mit Schnabel. Er hasst solche Gegenstände. Er nimmt ihr das Ding aus der Hand, er zittert, er sieht es, er spürt es. Er wackelt sich das Ding an den Mund, zwischen die Lippen, kneift die Lippen darum, es tut ein bisschen weh.

Soll ich, fragt die kleine Schwester.

Gar nichts sollen Sie!

Sie weicht einen Schritt zurück. Er schafft es, zu trinken, leert das Gefäß auf einmal und stellt es neben sich auf die Ablage.

Tut mir leid, sagt er.

Sie schweigt.

Immer kommen die wieder, mein Leben lang schon, immer wieder diese Träume, der Durst.

Ich weiß. Die kleine Schwester sagt es freundlich.

Durst ist schlimm, sagt er.

Es ist ein gutes Zeichen, ein Lebenszeichen. Sie lächelt.

Er hört sich knurren: Immerhin!

Sein Körper empfindet das anders, er glaubt seinem Körper. Der gibt nach, langsam, aber stetig.

Wollen Sie noch einen Becher trinken?

Er möchte gerne, und doch nicht. Seitdem sie die Blase in den Darm leiten, kann er kaum etwas halten.

Ich will keine Gummihose tragen, nicht aus Plastikschnäbeln trinken, Schonkost essen, mich abwischen lassen, Ihren Arm als Stütze, Herrgott, und so weiter, sagt er.

Sie hält ihm den Becher trotzdem hin.

Er nimmt ihn, berührt kurz die weiche Haut an der Kante ihres Zeigefingers und trinkt.

Manchmal liegt sie auf der Lauer, wartet darauf, dass er unfreundlich ist. Denkt er. Oder freundlich. Manchmal ist er aber zu beidem nicht fähig.

Er schließt die Augen wieder, unsicher, was geschieht. Eigentlich mag er die Träume; am liebsten jene, in denen er halbwach ist, Tagträume, die ihm das Gefühl geben, beteiligt zu sein, an allem, was geschieht, aber auch die tiefen, die nicht Albträume sind, von denen er sich nicht erholen muss, wie von einem echten Erlebnis. Er mag sie, weil sie wie ein weiteres Leben sind. Ein Zug fährt regelmäßig los, darin befindet er sich auf dem Weg von Polen nach Deutschland. Wie es damals wirklich war, weiß er nicht mehr. Manchmal möchte er seinen Träumen glauben, weil er sich bereits sein halbes Leben lang wünscht, dass ihm irgendetwas dazu einfällt, irgendwann. Das wird nicht mehr geschehen. Wie quälend das Suchen sein kann, nach der Wirklichkeit hinter den Bildern, die nachts, im Traum, wüten, hat er immer gedacht. Jetzt muss er nicht mehr suchen, die Erinnerungen kommen von selbst.

Er will nicht schlafen. Er schläft nicht.

Halten Sie meine Hand?, fragt er leise. Er weiß nicht, ob sie es hört. Auch nicht, ob er es sich wirklich wünscht. Doch, ja. Hält sie seine Hand? Warum hängt man so an diesem Leben?, fragt er.

Es ist still im Raum, nur glaubt er die kleine Schwester atmen zu hören. Sie gibt aber keine Antwort. Hat er zu leise gesprochen, oder gar nicht?

Wenn mir einer mal gesagt hätte, du endest mit einem künstlichen Ausgang, und wer weiß, was noch kommt, und diesen ganzen Metastasen, dann hätte ich –

Was hätten Sie dann?

Sie ist noch da.

Ja, was dann? Sagt er.

Ich will noch immer leben. Sagt er.

Ich weiß. Maritas Stimme ist ruhig und schön. Sie hält seine Hand nicht.

Er ist immer schon einer gewesen, der nicht aufgeben will. Einer, der durchhält.

Damals, als Izy sterben musste, sagt er, und die Soldaten meinen Vater mitnahmen, ist das auch so gewesen, ich wollte bleiben, leben, trotz dieser schrecklichen Stille ohne die Vaterstimme, ohne das Hundekläffen, wenn draußen auf der Straße oder im Feld jemand ging, oder nur die Katzen fauchten, obwohl niemand wusste, wie es weitergehen würde.

Das schlimme Leben rennt in einen hinein und rennt auch wieder heraus, weil das gute Leben auch hineinwill, habe ich später häufig gedacht. Die beiden wechseln sich ab. Zum ersten Mal fiel mir das ein, nachdem über Wochen alles dumpf gewesen war in meinem Kopf, damals, als Mili nicht mehr sprach, Mutter weinte, ich die Suppe kochte, die Schule nicht mehr stattfand. Am Grab von Izy fertigte ich ein Kreuz und hielt mich fest am Zählen meiner Schnitte und Schnitzer. Und plötzlich wurde ich gefragt, ob ich dem achtjährigen Sohn des Ortsvorstehers Unterricht geben möchte. Mit sechzehn wurde ich sein Lehrer. Stellen Sie sich das vor! Sogar später dachte ich das, als ich erfuhr, dass nicht nur meine Mutter, sondern auch meine Schwester tot war, dass Mili nach Szcinski zu einem Bauern verfrachtet worden war, der hatte eine Frau mit acht Kindern, die schaffte das alleine nicht mehr. Mili schaffte es auch nicht. Da stand Onkel Stani plötzlich da. – Nur Paula, die hätte mich fast umgebracht.

Sie schweigt.

Sie weiß, wer Paula ist, einmal hat er schon drei Sätze zu viel über sie verloren; und musste innehalten. So wie jetzt.

Springt man über den Graben, und welche Gewissheit braucht man, um es zu tun? Wenn du das Fleisch auftaust, dann musst du es auch zubereiten. Satz von Agota.

Paula. Sagt er noch einmal.

Niemand sprach so wenig wie Paula und niemand lachte so wenig. Biliński suchte nach ihrem Gesicht, sicher schon zum dritten Mal in dieser Nacht, seit er sie so vor sich gesehen hat, ganz dicht neben sich, aber er glaubt nicht, dass er ihr Gesicht auch gesehen hat, nur Paula, die erinnerte Gestalt von Paula. Er weiß, dass sie es gewesen sein muss, weil es so wie mit ihr eben nur mit ihr gewesen war. Draußen auf dem Flur eilen Schritte vorbei, irgendwo summt eine Klingel.

Er öffnet die Augen nicht. Die Übung gelingt ihm inzwischen gut. Er kann auf die Erinnerungen ganz geduldig warten, er hat es gelernt, wie das Liegen, wie die Demut vor seinem sich selbst zerschindenden Körper. Es ist wie ein zweites Leben, oder eines, das sich aus der Entfernung neu zusammensetzt, oder aus der Auswahl der Bilder. Türen gehen auf, Türen schließen sich wieder.

Auf dem Flur rennt jemand, sein Herz beschleunigt sich augenblicklich, wie immer, wenn er in Unruhe kommt, in Angst. Manchmal muss er Türen zuschlagen, bevor die Bilder ihn zu quälen beginnen. Die Wand zwischen innen und außen ist dünner geworden, hat gleichsam mit seinem Körper an Substanz verloren, jede unvermittelte Aufregung bereitet ihm Herzklopfen, bereitet ihm Magengrimmen mit den unangenehmen Begleiterscheinungen. Und lieber wäre er wieder zu Hause. Auf dem Flur rennt jemand vorbei, er hört zwei Stimmen, also rennen zwei. Atmen hilft. So lange einatmen wie ausatmen, bis das Herz sich beruhigt, bis es wieder im Gleichmaß ist.

Schon damals hat er das so gemacht. Er saß am Waldrand zwischen den großen Holzbeugen, die er mit seinem Vater aufgestapelt hatte, und zählte jedes Stück Holz, hörte die Schreie der Mutter und zählte, dreihundertsieben, dreihundertacht, er hörte die Schreie von Mili und zählte fünfhunderteinundzwanzig, das war noch lange nicht die erste Beuge, das war erst der Anfang des Nachmittags gewesen. Wie das Holz zunahm, er hat die Zahlen vergessen. Nur dass es dämmerte und sie zu sechst waren, sechs behelmte Soldaten, die den Vater, der heulte, in den Wagen hineindrückten, als wäre er ein Knochenloser.

Ich muss gehen, sagt die kleine Schwester, sie steht auf.

Die Tür klickt ins Schloss. Die kleine Schwester rennt auch auf dem Flur nicht. Es ist gut, dass sie nicht rennt. Biliński atmet. Nun ist es möglich. Der Bauch hebt sich beim Einatmen und senkt sich beim Ausatmen, er zählt mit, er will die Augen jetzt nicht schließen. Schnell wird alles zu Holz. Bei Tag ist das sehr viel einfacher, sich abzulenken, das offene Fenster, der Blick hinüber auf den höchsten Hügel der Stadt erleichtert ihm die Umleitung der Gedanken. Die Stehlampe in der Ecke scheint zu vibrieren, jedenfalls meint er ein leichtes Zittern des Lichtes zu spüren, er schaut weg. Ein Erdbeben ist das nicht. Er nimmt die Enzyklopädie vom Tisch und schlägt sie auf, willkürlich, wie so oft, sie ist dick genug; selten geschieht es, dass er zwei Mal hintereinander auf der gleichen Seite landet. Die Rachenblütengewächse beanspruchen dreizehneinhalb Doppelseiten, und heute ist er auf der achten gelandet, Frühlingsehrenpreis, Veronica Verna, er liebt ihr durchscheinendes leuchtendes Blau, ihre behaarten Blütenblätter, und wie aufrecht sie gegen das Licht steht. Die Gartenarchitekten mochten es nicht, wenn er sich in ihre Angelegenheiten mischte. Wie viele Gärten die verschandeln, das versteht er nicht. Glänzender Ehrenpreis, Glanzloser Ehrenpreis, Persischer Ehrenpreis, Faden-Ehrenpreis, da behaupten die, das sei ein Unkraut. Er hält die Knie etwas angewinkelt, so dass er das schwere Buch anlehnen kann. So ist der Abstand richtig, so braucht er nicht einmal eine Brille zum Lesen. Er mag das Buch besonders gerne, weil die Pflanzen darin handgezeichnet sind, präzise, fein, zart, so schön, wie eben nur die farbigen Abbildungen in guten alten Lexika sind. Das

Herz ist ruhig geworden, er lehnt sich zurück, lässt die Knie sinken und hält das Buch auf seinen Oberschenkeln fest. Auf dem Gang ist es nun still. Zum Glück kennen die das hier schon, dass er es mit der Angst zu tun bekommt, wenn es unruhig wird in der Nacht und er zurückbleibt.

Hinter dem Holzstoß hatte er noch verharrt, bis es ganz dunkel geworden war, er kaum noch etwas sehen konnte, aber schon mehrmals Holzscheit für Holzscheit abgezählt hatte, als bekäme er dafür einen Lohn. Er hatte gewartet, um sicherzugehen, dass sie nicht mehr zurückkamen. Aber es war ja sowieso nichts sicher, nur hatte man manchmal etwas Glück oder mehr als sonst. Damals hatten sie gar keines. Im Haus waren die Mutter und Mili, aber es war still geblieben, nachdem die Soldaten mit dem Vater verschwunden waren, kein Laut drang hinaus. Sein Herz hatte plötzlich gerast, wegen der Stille oder weil er nicht wusste, was er zu sehen bekam, wenn er das Haus betreten würde. Wer so schreit, wie es die Mutter und Mili getan hatten, als die Soldaten ins Haus gekommen waren, hat große Angst. Dann erst war ihm Izy eingefallen und er war losgerannt, ohne noch einen Moment nachzudenken. Tiere wimmern, wie Menschen, wenn ihnen die Kraft ausgeht. Er zieht die Beine wieder an und setzt sich auf. Er will das Bild nicht sehen. Er kennt es zu gut. Einen Hund töten zu müssen, den man liebt wie nichts auf der Welt, weil nichts anderes übrig bleibt. Dazu fiel ihm nie etwas ein, bis heute nicht. Nur Izy und das Wimmern. Immer wieder. Persischer Ehrenpreis, warte, er kann ihren botanischen Namen doch auswendig: Veronica Peres. Das war einfach.

Es klopft und er sieht den Kopf der kleinen Schwester in der Tür: Es ist nichts, Herr Biliński, keine Sorge. Ich komme gleich wieder.

Er legt das Buch zur Seite.

Über dem Metallzuber voller Blut lag das Schwein. Der Dorfmetzger traf immer gut, schnell, sicher. Er lachte, wenn er das Blut fließen sah, und er lachte, wenn Paula das Blut zu rühren begann. Janek sprang zwischen Haus und Wasserkessel hin und her, immerzu benötigte man heißes Wasser, als käme ein Kind zur Welt. Alles musste schnell gehen, saubere Arbeit.

Wir machen hier saubere Arbeit, er hörte ihn johlen, den Metzger, er war eine Sau im Gesicht.

Paula rief ihn: Biliński.

Sie tat es den anderen gleich. Biliński, wenn es die anderen hörten. Jani, wenn ihre Hände seinen nackten Rücken hinaufwanderten, wenn es schon dunkel war, wieder hinab, lang bevor es dämmerte. Dann war Jani längst über den Hof, über den Bach. Wenn es hell wurde, schlief Biliński auf seiner Pritsche. Paula hatte starke Finger, die sich hineinkneten konnten in seine Haut, die sie walkten, walzten, aufwellten. Auf dem Zuber lag das Schwein und blutete fast nicht mehr. Er hasste das Quieken der Schweine vor dem Tod, wenn sie am Strick ums Bein aus dem Stall gezogen wurden, wenn der Bolzen gesetzt wurde, einmal noch, bevor die Tierstille eintrat, aber die Menschen anfingen zu quasseln, als lebten sie nun doppelt. Die Tiere wussten, dass sie sterben mussten, irgendwie spürten die das. Man wird das spüren, er ist sich sicher. Er auch. Er hat noch ein wenig Zeit. Heute Abend, heute Nacht passiert gar nichts. Er ist gewiss. Es ist ihm warm, er fühlt sich gut. Nur lag über dem Zuber das längst ausgeblutete Schwein. Und er rannte, hin und her und hin. Er schaute Paula nicht an. Nur Leo, den Alten, den Guten; der mochte ihn, der mochte, dass er so feines Deutsch sprach. Wer sprach das schon von denen mit dem P., Pack waren die! Leo, der Alte, hatte immer etwas geahnt, er war sicher. Aber gesagt hat er nie etwas. Er krümmte den Rücken, wenn er dabei half, das Schwein in den Brühtrog zu hieven, er krümmte ihn beim Heben auf den Holzbock und beim Aufhängen an der Leiter. Der Alte krümmte den Rücken noch krummer, weil er schon krumm war. Vom alten Leo hatte Paula die Hände, das Gesicht. Hanni schaute zu, sie lächelte. Ihre Zähne standen wie ein Lattenzaun nebeneinander, vorne, alle gleich schmal. Herrgott, wir danken dir! Paulas Mutter betete für das Schwein, oder dafür, dass es da war, dass es tot war. Er wusste das nicht. Hanni, die Alte, betete, wie andere atmeten. Vater unser im Himmel, geheiligt werde dein Schwein. Geheiligt werde dein Name, dein Reich komme, dein Wille geschehe ... Amen.

Biliński, hol Wasser!

Dem Schwein wurde heiß im Trog, dann verlor es die Borsten. Drei Ave-Maria. Dann wurde das Schwein zu Fleisch. Das Tier ausgelöscht, wenn das Quieken noch zu hören war. Weit entfernt in den Ohren, im Kopf, oder wo? Blutwurst zuerst. Am nächsten Tag Leberwurst, Schinkenwurst. Sauerkraut, das kannte er von zu Hause. Das machten sie zu Hause nur besser. Hannah kam wieder. Hannah kam die Treppe hinab, stand an seinem Bett. Das Schwein hing an der Leiter. Gehälftet, glatt wie ein Popo und genauso blass. Biliński, hol Wasser! Warum hatte Hannah so ein Tuch in der Hand? Das Schwein lag wieder auf dem Zuber. Das Schwein lag wieder im Trog, aber es hing an der Leiter. Das Wasser darf nicht mehr kochen! Biliński rannte hin, brachte Wasser; saubere Arbeit, sauberes Schwein. Wenn die Gedärme herausfielen, würgte es ihm die Zungenspitze gegen die Gaumenstaffeln, als dürfte vorne nichts heraus. Bitter schmeckte das leere Würgen, gallig, sauer, er drehte dem johlenden Metzger den Rücken zu. Der Alte kam her, klopfte ihm auf die Schulter, Bub, trink ein' Schluck. Er nahm die Flasche, der Mund füllte sich mit Birne. Sie brannte im Hals, im Magen, aber der Geruch war weg. Bub, sagte nur der alte Leo. Aber dass es so nass war hier draußen. Das Schwein hing an der Leiter, und der Metzger stand mit dem Hackebeil, stand mit der Axt davor und schlug zu. Es war nass, er sucht mit der Hand nach der nassen Stelle. Licht brennt in der Zimmerecke, es ist das Notlicht, auch das Licht an seinem Bett ist an. Es ist ihm kalt, dort, wo es nass ist. Er zieht seine Hand unter der Decke hervor und greift über sich, dann fallen ihm die Augen wieder zu. Das Schwein lag über dem Trog.

Herr Biliński!

Niemand hatte sich die Mühe gemacht, »Herr Biliński« zu sagen. Hol Wasser, Herr Biliński! Herr Biliński!

Paula rührte Blut. Der Alte legte ihm die Hand auf die Schulter. Jemand rüttelte an ihm. Er schlägt die Augen auf.

Ich bin wieder da, sagt sie.

Ist gut, er schließt die Augen. Dahinter scheint das Licht rötlich und warm. Er hört sich atmen, röchelnd klingt das inzwischen. Er zählt die Atemzüge, als zögen Schiffe vorbei, durch einen Kanal, kommen, gehen. Kommen, gehen, kommen. Wellen bewegen das Bett, es schaukelt. Paula berührt seinen Rücken. Er mag diesen Geruch nicht, aber die Tiere, ihre weichen Schnuten, diese feuchten flachen Rüssel. Die Schweine stehen vor dem gewässerten Futtertrog, stehen im Wasser, Wellen kommen die Treppe hinab. Woher kommen die Wellen? Die Schweine grunzen laut, ihre Schwänze wackeln wie solche von fröhlichen Hunden. Oder sind das Hundeschwänze? Izy. Er legt Izy eine Hand auf den Kopf, Izy grunzt. Eine Welle spült über den Hund. Izys Schwanz fällt ab und wird mit der Welle weggespült. Izy! Paula tritt neben ihn. Er leert den Kübel in den Trog, da schwimmt auf dem Wasser dreckiges Brot. Paula berührt ihn am Arm. Er bekommt Angst.

Geh!

Sie schaut ihn mit großen Augen an, macht einen Schritt und steht zwischen ihm und den Schweinen, die grunzen weiter und immer lauter. Das Wasser reicht ihnen bis zum Bauch. Er hat Angst. Sie rückt ihr Gesicht zu ihm hin, sie will ihn küssen, das darf sie nicht, er geht einen Schritt rückwärts, sie folgt ihm, es ist schwierig, im Wasser rückwärtszugehen. Sie darf ihm nicht so nahe kommen. Das weiß sie doch. Er kann nicht sprechen, aber er muss ihr doch sagen, dass sie das nicht darf. Er geht noch einen Schritt zurück. Ein Mann steht zwischen den Schweinen im Wasser. Er muss ihr sagen, dass sie nicht alleine sind, dass da jemand ist. Er schaut an ihr vorbei, aber sie kommt näher, ihre Nase ist sehr nah, ganz nah. Er geht einen Schritt zur Seite. Der Mann schaufelt das Wasser zur Seite, es rollt wieder zurück, aber der Mann schaufelt und schaufelt. Izy bellt. Paula steht auf seinem Fuß. Nein! Paula hebt die Hand. Er muss doch die Schweine füttern. Hinter dem Mann fällt eine Wand heraus. Das Wasser läuft in den Hof, da stehen Leute, zum Glück läuft das Wasser in den Hof. Jemand spricht in gleichmäßigem Rhythmus Sätze. Da hält jemand eine Rede, aber der Mann scheint es nicht zu bemerken, und Paula auch nicht. Er macht eine Bewegung mit den Armen. Paula ist nun ganz nah vor seinem Gesicht. Er hat Angst. Aber zum Glück ist das Wasser weg. Sie darf ihn hier nicht küssen, sie ist schon viel zu nah, sie ist schon viel zu weit gegangen. Er versucht seinen Fuß anzuheben, das geht, aber dann fällt er, rückwärts. Paula verschwindet. Es ist laut. Es ist gar nicht laut, es ist ein ganz dumpfes Geräusch in seinem Ohr. Er rudert mit den Armen, nicht untergehen, das Wasser kommt, neeeeein.

Jemand hält ihn fest.

Herr Biliński! Es passiert nichts, Sie träumen nur.

Er spürt seine Hände, vielleicht als Erstes, und wie sie sich im weißen Betttuch festhalten, er sieht das. Das Licht: Stehlampe, Notlicht, Leselicht. Im Fernsehapparat, den er nie benutzt, das Weiß des Kittels der kleinen Schwester im Spiegel. Das kennt er schon.

Es ist nichts, sagt sie. Sie haben nur geträumt.

Nur ist gut! Antwortet er.

Er träumt halbwach, so kommt ihm das jedenfalls vor, wenn er immer weiter versinkt in diesem Film, den er selbst dreht, der sich selbst dreht.

Bleiben Sie bitte hier, sagt er zur kleinen Schwester, die steht neben ihm.

Wie viel Uhr ist es?

Es ist kurz nach zwölf.

Er sagt nicht, die Stunde zwischen drei und vier kommt noch, er weiß es so gut, wie sie es weiß. Sie kennen diese Stunde. Sie bleibt dann, wenn möglich, bei ihm, die ganze Zeit. Es war immer schon so, soweit er sich erinnern kann, als erwachten alle Geister zu dieser Zeit, wird jeder Gedanke eine Not, wenn er wach ist. Nicht als Kind. Schlaf, schlaf, das konnte er früher noch zu sich selbst sagen, wenn Agota neben ihm lag, und manchmal half das, half, sobald er sich an Agota schmiegen konnte, gegen ihren Rücken, und ihrem Atem folgen, der langsamer war als seiner, dem er sich nicht anpassen konnte, aber der ihn beruhigte. Manchmal schlief er ein, so. Die Kirchturmuhr vor dem Schlafzimmer zu Hause schlug erst wieder um sechs Uhr morgens, an ihr konnte er sich nicht orientieren, aber an der Unruhe in seinen Gedanken, am dunklen Rumoren, an der Welt, die nachts zerbrach, ihn in den Abgrund stürzte, in Schulden, in Krankheit, in raue Gegenden seiner Phantasie, der er sich Minute für Minute ausgeliefert fühlte dann; schwarze Stunde, bevor der Tag sich ankündigte.

Ich will nicht schlafen. Er sagt es, als müsse die kleine Schwester dafür sorgen, dass es ihm nicht passiert.

Ich weiß, sagt sie. Aber es macht auch nichts, wenn Sie es tun. Sie lächelt dieses verdammt freundliche Schwesternlächeln, gegen das er nicht ankommt, immerzu meint er, es gelte ihm. Sie wissen genau, was passiert, wenn ich schlafe, er faucht.

Sie lächelt. Dann schlafen Sie, und das ist gut!

Er schaut ihr zu, wie sie sich mit einer Hand über den Pferdeschwanz streicht, den die andere Hand festhält, glattes braunes Haar glänzt über ihren oberen Rücken hinab. Er findet das neckisch, wie sie das macht. Sie tut das mit Absicht, denkt er, wehrlos fühlt er sich dann.

Hören Sie mir überhaupt zu?

Wenn Sie etwas sagen, schon.

Er muss lachen.

Sie setzt sich wieder neben ihn auf den Stuhl, und auch wenn er es wollte, er könnte sie jetzt nicht berühren, weit steht der Stuhl entfernt. Am liebsten würde er sie kneifen, nicht unzüchtig, nur so, dass es ihr ein wenig weh tut.

Sie haben keine Ahnung, was Sie tun. Sagt er.

Sie schweigt.

Paula, sie hat ihn eine halbe Ewigkeit nicht mehr beschäftigt. Kein noch so angestrengtes Erinnern fand ihr Gesicht, aber seit der Krankheit ist sie plötzlich wieder da. Als ihr Verlust noch schmerzte, hatte er gedacht, das bleibt immer. Es war aber nicht so. Liebe vergeht irgendwann. Vielleicht war es auch keine gewesen, vielleicht war es nur diese unruhige Zeit, diese Klemme zwischen Not und Hoffnung, oder nur das endgültige Ende der Kindheit. Er ist nun vier Mal so alt.

Der Satz fällt ihm ein: Ich mach das dann mal!

Wie viele Male ich das gesagt habe, sagt er.

Aber im Dunkeln war das unmöglich gewesen, erzählt er. Man hätte einen kleinen Eisenstift auf die passende Größe zuhobeln müssen, damit die Klinke aufhörte zu leiern. Ich hätte das tun müssen, wer sonst? Ich ging durchs Dunkle an einer Kommode vorbei, die mir zur Orientierung diente, ich wusste, von ihr aus waren es noch zwei gewöhnliche Schritte, dann berührte meine Hüfte das Bett. Aufgeregt und vorfreudig war ich, aber aufgeregter als vorfreudig, weil ich mich wie eine Katze an die Beute, ans Haus habe heranpirschen müssen, durch das Fenster der Kammer fädeln, das lag im Schatten des Nussbaums und unweit vom Schuppenanbau, in dem wir schliefen, Wiech und ich. Sondergenehmigung, weil die bewachte Baracke zu weit weg war. Wiech mit seinem tiefen Schlaf, mit dem knatternden Schnarchen, mit dem hohlen Pfeifen, wenn er den Kopf nach links drehte, Wiech mit der Trichterbrust. Ich dachte immer, Wiech schlief, wenn ich selbst nachts verschwand, aber später schien es, als sei Wiech auch unterwegs gewesen, nachts. Bis heute weiß ich es nicht sicher. Er spürt seine Hand eine Bewegung machen auf der Bettdecke: ratlos, sich heben, sich senken. Mit einem Freund teilte man, wenn es hoch kam, das Brot. Im Vergleich zu mir hatte Wiechek, wenn es stimmte, was gesagt wurde, den weiteren Weg gehabt, den gefährlichen, durch die zwei Nachbarsgrundstücke hindurch, vorbei an den Gänsen von Nanni, die wie Wachhunde lauerten und den Unterschied zwischen Menschen und Katzen genau kannten. Nanni hätte ihn niemals angeschwärzt, aber Franz war nicht wie Nanni, der war ein verbitterter Krüppel, der in den Krieg ziehen wollte und nicht durfte.

Dafür dreh ich Schrauben für die Judenduschen, so hatte der das immer gesagt!

Ich kann mich noch gut erinnern, an seinen Spott, seine Niedertracht in der Stimme und die Härte in seinen Gesten, die immer die Luft wegwischten, als brächte Luft einen um den Atem. Franz sah mit hängenden Mundwinkeln und schmalen Augen nur schwarz-weiß, und ein Zwangsarbeiter war per se schon schwarz, auch wenn er die deutsche Sprache konnte, »der Polack«. Und einer, der sich nachts am Gänsezaun vorbeistahl, führte Dunkles im Schilde. Einbeinig stand Franz immer vor dem Haus von Maria Wache, als gehörte sie ihm: Sie war Dreck und dabei blond und schön, aber sie war für den Franz ein Hurenkind, ein Bastard.

Und warum eigentlich hatte Biliński geglaubt, Franz sagte die Wahrheit?

Wiech fickt die Marie, sagte Franz.

Wiech sagte: Nix gemacht.

Warum hatte er Wiech nicht recht Glauben geschenkt? Marie verlor zuerst ein Kind, und dann starb sie Wiech hinterher, wie man es sonst von alten Paaren kannte; noch bevor sie ins Lager gebracht werden sollte, kahlköpfig aber schon.

Dann kam Sascha, und Janek sagte zu ihm: Alle sehen alles, also pass auf.

Aber er selbst machte weiter wie bisher. Und Franz holte sich Tilda ins Haus, nannte sie »Dreck«, wie er zuvor Marie Dreck genannt hatte, weil Frauen nichts taugten, aber immerhin waren sie da und heulten, wenn er sie schlug.

Im Ohr pochte etwas, oder war das die wunde Stelle am Kiefer, die schon so weit ausstrahlte? Die kleine Schwester schwieg. Er sagte nichts vom Schmerz. Er wollte erzählen, jetzt, weiter.

Warum bist du so traurig, habe ich Paula einmal gefragt, und ich sah, dass sie wie meine Mutter den Rosenkranz in der Kittelschürze herumbewegte, ihn festhielt, die Perlen zählte, fast unmerklich bewegte sich dabei ihr Mund, und mitten im stillen Gebet kam die Hand aus der Tasche der dunklen Schürze, während die andere Hand schon auf dem Weg zu ihrem Gesicht war, als mein Blick ihr nachlief. Da lief auch eine Träne über ihre Wange; die sollte ich aber nicht sehen.

Er ist tot, hat sie gesagt.

Über wessen Verlust weinte man? Ich habe nicht weiter gefragt, da zog sie aus der Kittelschürze eine Fotografie, die war ganz zerknittert. Ich sah das Grab und die Kränze und las den Namen auf dem Kreuz: Anton, und irgendein Nachname mit zwei f in der Mitte. Aber vor allem habe ich gedacht, warum trägt eine Frau ein Foto vom Begräbnis ihres Liebsten mit sich herum und nicht das Foto von ihm selbst? Warum? Vielleicht, damit sie seinen Tod glaubte. Aber sooft ich mich bei ihr umschaute, es war nirgends in ihrem Haus eine Fotografie vom lebendigen Anton zu finden. Anton war ein Grab. Als er starb, war er zehn Jahre älter gewesen als ich, damals. Und jetzt hast du, Janek Biliński, dieses Glück; das ist schon mein zweites großes, habe ich damals gedacht. Ich habe überlebt, ich bin nicht in einer Fabrik. Ich habe es mit dem alten Leo gut getroffen. Und nun noch Paula.

Er spürt sein Zögern, als die kleine Schwester fragt: Denken Sie das noch immer?

Wie der Lauf der Zeit die Deutung des eigenen Lebens veränderte! Das sagt er nicht.

Er sagt: Wie ambivalent man schaut, wie sich im Laufe des Lebens Einschätzungen bilden, verworfen werden, neu bilden. Wie sich alles immerzu wieder frisch zusammensetzt, weil man anderswo steht, weil sich Neues ereignet hat dazwischen. Wie sich mit jedem einschneidenden Ereignis Verhältnismäßigkeiten verändern. Vergessen und wieder erinnern, immer gestaltet sich alles um im Kopf, im Gedächtnis, in der Seele wohl auch, im Herzen. So geht das. Sagt er.

Als Ganzes war mein Leben nicht schlecht. Aber stellen Sie sich vor, sagt er, Sie hätten mich mein Leben bewerten lassen, als ich achtzehn war, die Familie gab es nicht mehr, und um mich herum starrten die meisten Menschen misstrauisch auf alles, auf mich. Wie anders ich geantwortet hätte als heute.

Er weiß das nicht, ob das hatte sein müssen mit Paula, oder doch, ja, es hatte sein müssen, damals.

Es war einfach geschehen. Sagt er.

Wie Paula eines Morgens hinterm Haus gestanden hatte, was für ein Bild! Er schlug Holzscheite, klein genug für die Öfen, wie der Alte befohlen hatte, da erkannte er zum ersten Mal die nicht traurige Paula. Sie kam mit Nannis Gänsen vom Bach herauf, von der großen Freiheit hinter den Pflaumenbäumen, wo das Wasser laut über die Steine sprudelte, hinein in den Gumpen. Wenn die Gänse es bis dorthin schafften, erreichten sie mühelos auch die Stelle, an der der Bach den Fluss traf. Sie hätten sich dann mindestens bis in den Bodensee treiben lassen können. Die aufgeregten Gänse schnatterten die Wiese hinauf, der alte Ganter immer voraus und dahinter das Gefolge. Eine Ausreißer-Prozession, aufrechte Hälse, den Blick nach vorne gerichtet. Gsch, gsch, machte Paula, die Gänse vor sich hertreibend, immer zu ihm hin, voraus dieser alte Gänserich, der so aggressiv schien, dass Biliński die Axt gegen ihn schon fast erhoben hatte, als Paula lachte. Ihn nicht auslachte, nur froh lachte, weil sie offenbar ihre Ähnlichkeit entdeckte: Ihr beiden mit euren langen Hälsen!

Es war eine Handbewegung, die alles veränderte. Er unterbricht sich. Eine grazile leichte Bewegung, als zögen Paulas Finger die Linie seines Körpers nach. Erklärt er der kleinen Schwester und spürt, wie sein Körper die ihm noch verbliebene Elastizität beim Erinnern entdeckt, als wollte er sich aufbäumen. Er kann dabei sogar die Augen öffnen, für einen Moment Marita anschauen, er ist froh, dass sie da ist, ihn jetzt nicht unterbricht, bleibt, er will die Augen lieber wieder schließen.

Paula machte kein Geräusch, wenn ich nachts zu ihr kam, und keines, wenn wir uns liebten, und keines danach. Unter der Decke fand ich sie im Nachthemd, auf der Seite liegend, fast an die Wand gedrängt, daran merkte ich, dass sie gewartet hatte. Die rechte Bettseite war kalt. Ich schob mich neben sie auf die restlichen fünfzig Zentimeter, die noch blieben, sie schob ihre Knie in meinen Schoß zuerst, sie war so klein neben mir, rund, und ich spürte ihre Hand, die sich unter meine Wange legte, sah ihre Augen im Dunkeln, ihre Schulter unter der Decke weich hervorschauen, und ich nahm ihre noch freie Hand, die trocken war, aber zitterte.

Du riechst gut, wie ich das sagen musste, wie oft.

Nicht nur weil Paula die erste Frau war, bei der ich lag, sondern weil ich immer Stall, Scheiße und Feld oder Feuer und Kohle roch, nur im besten Fall einmal ein Tier oder Wald oder Wiese oder Wiecheks schweißige Kleider, aber es roch nie gleichzeitig warm und gut. Nicht mehr, seit ich auf dem Hof war, nicht mehr seit Izys Tod. Und als ich ihren Arm hinaufstrich, war der glatter als das Fell von Izy und ihre Haut der meinen näher als bei einer Berührung mit Mili. Das war ja eigentlich doch klar, aber so eine Überraschung geschah vielleicht nicht oft im Leben.

Er hielt inne. – Und Paulas Hand hielt sein Handgelenk fest und wanderte dann vorsichtig über seinen stark gewordenen Unterarm bis zum Ellbogen unter seinem Hemd hinauf, erreichte mit den Fingerspitzen noch den Anfang des Bizeps, dann wurde das Hemd zu eng. Paulas Hand trat den Rückweg an, da lag er still und tat nichts, aber sein Herz rannte, raste, er begann zu schwitzen, und fragte sich, und dann sie, ob er das Hemd ausziehen durfte, sollte. Sie öffnete ihm schweigend einen Hemdknopf über der Brust, als sei ihr die Stimme abhandengekommen. Ob sie Angst hatte, der Alte könnte sie hören, aber der schlief doch bestimmt. Schnarchte der nicht? Der schlief doch nebenan, oder nicht? Erst am Tag später erfuhr er, dass der Alte meist in der Stube auf dem Sofa einschlief und in Kleidern erwachte, morgens, ganz in der stillen Frühe, noch vor den Vögeln. Für einen Moment überkam Janek in der Nacht die Angst, aber Paulas Bewegungen waren ruhig, und sie schien zu wissen, was sie tat.

Die kleine Schwester schweigt. Und wenn auch er schweigt, hört er sie leise und ruhig atmen. Sie ist da. Wie ein kleiner Jubel berührt ihn das für Augenblicke.

Und als er sein Hemd ausgezogen hatte, begann die Wanderung der Hand wieder am Handgelenk, folgte der harten Sehne bis zum Ellbogen, legte sich über den Bizeps und wog ihn, als wäre er eine Birne, ein Apfel, eine Frucht jedenfalls, dann erklomm sie über den Armrücken seine Schulter und lag an ihm, still, aber unruhig. Und er wagte kaum sich zu bewegen beim ersten Mal, und wie sein Schwanz in der Hose angeschwollen war und herauswollte, bereitete ihm Pein, bis Paula sich gegen ihn drückte, stemmte fast. Da hatte sie es bemerkt, und die Hand verließ die Schulter, dabei blieb die andere immerzu unter seiner Wange liegen, als müsste sie ihn trösten, und manchmal rieb sie leicht über die Bartstoppeln, die waren noch weich. Auf der Brust schlingerte sich die Hand durch sein glattliegendes Haar, hinunter zum Bauchnabel, verfolgte die Schnecke, und er schloss die Augen, öffnete sie manchmal, da sah er, wie Paula ihn anschaute. Und immer noch lagen sie eigentlich fast wie Geschwisterkinder nebeneinander, obwohl er am liebsten auf sie wollte, sie von Kopf bis Fuß spüren, ihren fülligen Körper, der ganz sicher weicher war als alles, was er bis dahin kennengelernt hatte. Aber wie sollte er das anstellen?

Und als Paula an ihn gedrängt lag mit dem hochgeschobenen Hemd, das war sie selbst gewesen, als er ihr nasses Haar zwischen den Beinen spürte, weil sie ihm die Hand dorthin legte, und ihn dieses Fell für einen Moment dann doch an Izy erinnerte, begehrte er sie vollkommen, ja vielleicht sogar mehr als alle weiteren Male. Als sie seinen Hosenlatz geöffnet und den harten Stoff über seinen Hintern hinabgeschoben hatte, kam er schon fast. Sie schaffte es noch, ihn zu sich zu holen. So lagen sie still. Nur für eine sehr kurze Zeit und Paula fing wieder an.

So stark und froh habe ich mich gefühlt, sagt er, als ich eine Stunde später leicht durch das Fenster der unteren Kammer stieg, damit ich den Schlüssel nicht drehen musste an der Haustüre, rüberlief zu Wiech und auf meine Pritsche, wie ich schlaflos lag und durch die Ritzen des Dachs das erste Licht fiel. Wie glücklich ich gewesen bin. Und keinen Moment daran dachte, wie gefährlich es war, was wir da taten. Wind war aufgekommen, der pfiff durch den Dachstuhl, kühlte mein Gesicht, und ich schlief, wie ein Kind schlief ich da.

Er hat lange nicht weinen müssen, drückt sich den Daumen und den Zeigefinger wie eine Klammer zwischen den Augen um die Nase, als könne er den Fluss über die Wangen hinab anhalten, aber der Damm bricht. Er überlässt sich dem Kissen, den Kopf in den Nacken gebogen, die Augen geschlossen, wartet er, lauscht dem Atem der kleinen Schwester, die sich nicht rührt, die kein Wort sagt, die ihn nicht anschaut, da war er sich sicher, denn das würde er doch spüren auf seinem Gesicht.

Jozwik? Hau ab!

Es gibt keine Geister, es gibt keine wiederkehrenden Seelen, und was einmal vorbei ist, kommt nicht zurück. Nur nachts ist das anders, andere Gesetze gelten im Dunkeln, im Traum und im Halbschlaf, und seit der Krankheit gelten sie erst recht. Es gibt keinen Jozwik, es gibt keinen Wiech mehr. Längst nicht mehr.

Janek, hör auf! Biliński hört sich sprechen.

Immer fängt alles mit den pilzigen Nägeln an, mit den weißen leblosen Zehen, mit den schuhlosen schneeweißen Füßen. Schluss!

Den Blick gesenkt halten. Schaut ihn euch an! Und wie ihre Blicke den Mann hinaufwandern mussten. Wie fünfzig polnische und ukrainische und weiß der Teufel was für Männeraugen sich lieber auf die Knie hatten konzentrieren wollen.

Schaut ihn euch an! Schrie der Henker oder ein anderer, was ganz gleich war. Sie gaben sich nichts. Häme und Hass lag in ihren Stimmen und das Vergnügen, Schmerzen zu bereiten, Sieger zu sein, weil man nicht selbst litt. Eine Trophäe hing für die am Galgen. Schaut ihn euch an, so sieht man dann aus. Den Blick stillhalten. Den Kopf heben, aber den Blick gesenkt lassen, er hatte es geübt, unendlich oft geübt, dorthin zu schauen, wo es erträglich war. Die Knie drückten sich unter den speckigen Hosen ab. Bis dorthin und nicht weiter.

Schaut ihn euch an!

Zur Not halfen sie nach, rammten einem die Faust in den Nacken, so dass sich der Kopf ganz von selbst ins Genick bog. Jozwik, den er nur ganz aus der Ferne gekannt hatte, wie der am Seil hing, der baumelnde sehnige Körper, das braungebrannte Gesicht, blau.

Warum darf er nicht wenigstens die Stiefel anbehalten, hatte er Wiech gefragt. Schweine!

Damit man den Tod in die Füße laufen sieht, hatte Wiech gesagt.

Aus! Mach das Licht an, Janek. Er will es sich selbst befehlen.

Die kahlgeschorene Frau in den hässlichen Sackleinen weinte nicht; um den Hals das Schild, *verkommenes Subjekt*, damit man die Schuld auch lesen konnte, die Arme von einem dieser Schweine in den Rücken gebogen, hineingedrückt ins eigene Kreuz, so dass sie sich ganz sicher nicht wegdrehen konnte, hatte sie zuvorderst stehen müssen.

Du Polendirne, schau es dir noch einmal an! Dein Fickschwein. Nichts war zu hören gewesen außer der ratternden Stimme des Beamten, der das Urteil verlas, *GV mit deutscher Frau* und so weiter, und der brüchigen des polnischen Übersetzers, weiß er das noch richtig?, und wahrscheinlich, dazwischen, immer wieder dieser krakeelende Drecksack vom Exekutionskommando. Die Geliebte von Jozwik, er und Wiech und die anderen Arbeiter waren erst herbeigeführt worden, als er schon hing. Abschreckung nannten sie das.

Schaut ihn euch an!

Jozwik war ganz sicher lautlos in die Schlinge gestiegen.

Hör auf!

Das Licht ist an. Seit gestern steht sein Bett so, dass er

aus dem Fenster schauen kann, wenn er nicht ganz flach auf dem Rücken liegt. Die kleine Schwester ist nicht da. Es ist immer noch Nacht. Er will doch nicht schlafen. Er hat auch nicht geschlafen, oder? Der Himmel wird von einem roten Streifen Licht in zwei dunkle Stücke geteilt. Was ist das, wird es Morgen? Sehr dünne helle Nebelschleier ziehen vorbei. Das kann nicht sein. Ein wenig so, als befände sich weit unten das Meer. Das ist das Leuchten der Lampe im Fenster, das ist ein Blaulicht, das ist die Leuchte des Hubschrauberlandeplatzes des Klinikums einige hundert Meter nebenan. Nein. Er weiß es nicht. Etwas stimmt nicht. Biliński schaut weg, wischt sich mit der Hand über die Stirn, sie ist nicht feucht, obwohl es sich so anfühlt. Aber er hat doch geschwitzt. Er reibt sich sein Baumwollhemd über die Brust, das feuchte Haar bildet sich gräulich ab durch den dünnen Stoff. Er hat geschwitzt. Er lässt seine Hand wie zur Versicherung liegen. Das Herz schlägt nicht ruhig. Die dunklen Balken des Himmels drücken den roten Streifen immer schmaler. Oder nicht? Er schaltet das Licht überm Bett an. Das ist seine eigene Bewegung, dort im Fenster. Er hebt den Arm und lässt die Hand fliegen, ein Vogel im Fenster, lässt die Hand krabbeln und öffnet dem Tier den Mund. Agota hat sich die Frage auch gestellt, wochenlang bevor sie starb, immer wieder: Habe ich alles erledigt? Ja. Ja. Ja. Als sie es sich endlich selbst glaubte, war sie heiter. Aber er? Die Hand stürzt ab. Habichtflug. Das Fenster zeigt sein Gesicht zum Glück nur als schmalen durchscheinenden Umriss, darin die Augen, die sich dunkel spiegeln. Mehr sieht er nicht von sich, und es ist auch genug.

Paula hatte er damals nicht einmal erzählt, dass sie zum gehängten Jozwik geführt worden waren. Sie hatte ohnehin davon gewusst, nur gesagt hatte sie nichts. Als wollte sie den Tod totschweigen. Und er? Panische Angst hatte er gehabt. Nur nicht mehr daran denken. Das gelang nicht. Nachts, in den Träumen, zappelten Jozwiks Beine durch die Luft, die später manchmal auch Wiecheks Beine waren, und aus den Füßen lief Blut in eine Blechwanne. Im Schlaf sah er Menschen liegen, zuckend, quiekend, wie Schweine. Nachts, da brach er Jozwik das Genick wie die Soldaten Izys Rücken. Nachts konnte er nicht verhindern, dass Jozwik starb, Wiechek starb, und er hatte Schuld daran. Viele Nächte, monatelang, jahrelang. Er konnte nicht darüber sprechen. Wie eine sich selbst erfüllende Prophezeiung waren ihm seine Gedanken, seine Ängste vorgekommen; wenn ich es denke, geschieht es mir auch. Wenn ich davon spreche, bin ich auch bald an der Reihe. Worte schaffen Taten, die Wirklichkeit war ein Fluch.

Alles, was er dachte, sagte, zu dieser Sache, würde dazu führen, dass es ihm und Paula auch so gehen würde wie Jozwik und seiner Geliebten. Freundin? Wie Wiechek, ohne Grund, oder nicht?

Sie hatten sowieso wenig gesprochen, Paula und er. Nein, Paula hatte mit ihm wenig gesprochen. Nicht nur mit ihm. Freundin war ein Wort, das nur für legitimierte Lieben galt, oder? Freundin, die hätten nur gelacht. Ihr wollt doch nur Ficken. Euch geht es nur ums Stechen. So sagten sie das. Wahrscheinlich hatte Paula das auch geglaubt, irgendwann. Er öffnet den Mund wie zum Schrei. Sieht man das im Fensterspiegel? Er starrt auf die Fensterglasscheibe und hätte so gerne darin seine Fratze gesehen, aber bei aller Anstrengung klappt das nicht, das dunkle Loch, den Schlund, den sein geöffneter Mund freigibt, den sieht er nur, weil er weiß, dass er dort sein muss. Er hat keine Ahnung, warum er das tut, warum sich dieses Kindergefühl einstellt.

Wiech! Wie es ihn erwischt hatte, später! Obwohl er alles abstritt. Alles Lüge, Verleumdung, wie er heulte, sich mit den nackten Zehen, den Fingern, den Zähnen ins Gras krallte und biss, als sie ihn abholten, wie Janek hinrannte, schrie: Loslassen! Loslassen! Herumrannte, dachte, er müsste auf der Stelle verrückt werden, Wiech hat nichts gemacht. Ich war es, ich war's. Die Wörter lauerten bereits im Kehlkopf, hüpften zwischen Zunge und Gaumen, Herz und Verstand, ja und nein, bitte, lasst ihn, nehmt mich, ich bin das doch, ich schlafe mit der Paula, Polack, ich. Nein, feige war er gewesen. Wiechek, bis heute kann er sich das vorstellen, der hat in den klaren Nächten Ausflüge für den schönen Blick auf den Mond gemacht. Bis heute weiß er nicht, was stimmt. Wiech und die Marie? Du musst das sein lassen mit Paula, hatte er sich selbst beschworen.

Er hört nichts auf dem Flur, wo ist die kleine Schwester: Soll er klingeln? Manchmal hält er es aus mit sich alleine, eine Stunde, zwei, vielleicht manchmal etwas mehr. Tagsüber länger, nein, tagsüber kommt oft jemand vorbei, aber mit ihnen redet er kaum.

Zwei Tage ist das erst her, seit die kleine Schwester ihm die Nachricht gebracht hat.

Herr Biliński, ich konnte das eruieren, Paula Bucherer ist tot.

Eruieren!

Seit wann, hätte er fragen können, oder: Woran ist sie gestorben?

Er fragte nichts davon. Nur: Eruieren, woher haben Sie denn dieses furchtbare Wort?

Maritas Schweigen, die zusammengepressten Lippen. Keine Antwort.

Danke schön, das Wort fiel ihm nicht einmal ein in diesem Moment, erst gestern: Danke schön, dass Sie sich für mich erkundigt haben.

Seither sprachen sie wieder. Seither erzählte er wieder.

Paula Bucherer. – Ihren Nachnamen hatte er immer weggeschoben. Und plötzlich war alles wieder da. Leo, der Alte. Das Haus. Die Stube. Der Ofen. Der Tisch. Der Satz: Der Biliński sitzt beim Bucherer und seiner Tochter am Tisch!

Wer hätte das anders herumerzählen können als der verbitterte Franz.

Zu ihm: Wirst jetzt der Schwiegersohn?

Er spürt, wie noch jetzt die Angst kommt. Kein einziges Mal hatte er nach diesem Satz mehr mit Leo am Tisch gesessen; geschweige denn gegessen. Nicht einmal nach dem Schlachten.

Der Tisch war kein Bauerntisch gewesen und hatte überhaupt nicht in die Stube vom Alten gepasst; die Tischfüße mit Löwenköpfen verziert. Immer wieder hatte er erstaunt und verzückt die Löwen unterm Tisch betrachtet, als könnten sie sich bewegen, sogar brüllen. Auf dem Tisch lag am Abend auf einem Tuch ein rundes Brot, ein Stück Schinken. Der Alte hatte gebetet, und Paula eingestimmt, Janek gemurmelt, zuerst in seiner Sprache und bald auf Deutsch. An der Wand neben dem Ofen, wie zu Hause, das Holzkreuz mit einem kupfernen Jesus. Der Alte, wie er betete, das »Vater« betonend, als spräche er ihn an, wie er sich durch das Gebet arbeitete, Bild für Bild, ein Kreuz auf der Stirn schlug, auf der Brust, nach dem Amen, wie er ein Kreuz zum Segen überm Brot schlug, und wenn ein neues Stück Schinken angeschnitten wurde auch. Nickte, ohne Janek, ohne Paula in die Augen zu schauen, in sich gekehrt, ruhend, als sei Essen Meditation; schnitt Brot und vom Schinken drei dicke Scheiben. Sie aßen mit Messern von Brettern. Ohne Gabeln.

Der Bucherer verwöhnt den Polacken! Franz hat das gesagt.

Und der Alte sagte: Bub, da gibt's nix, du vesperst mit uns in der Stube.

Der Bub hatte Angst. Um Paula, um sich und den Alten. Und wie der Alte ihm deshalb am Abend das Brot vor die Tür auf den Sims stellte, ein Brett, ein Messer, ein Stück Schinken. Und wie er selbst anfing mit Wiech zu teilen, und dann mit dem Nachfolger von Wiech zu teilen, mit Kolja, oben in der Scheune, wo keiner es sah. Sie aßen besser, als es sich für solche wie sie gehörte. Weil der Alte, Leo, nicht tat, was man ihm befahl: Er hasste nicht, sondern beschützte, was zu ihm gehörte. Ihn, Janek, auch. Wie das funktionierte mit dem Hass, hatte er manchmal zusammen mit dem Wiech überlegt, als der noch lebte, woher so ein Hass kam? Aber sie hatten es nicht verstanden, sie waren zu jung.

Sie hatten auf ihren Strohbetten gelegen und still ins Licht zwischen den Ritzen des Daches geschaut, bis es verschwand, manchmal kam es wieder. Dann schien der Mond. Wenn er schien, blieb Janek liegen: Die ganze Welt war dann wacher als gewöhnlich, sogar die Tiere, oder diese erst recht. Nur Wiechek war manchmal unterwegs gewesen in diesen Nächten.

Paula Bucherer ist tot.

Johannes Bucherer. Sagt er zu Marita. Wenn ich Ihnen anfange davon zu erzählen. Er schweigt. Wenn alles erzählt sein wird, ist mein Leben vorbei. Unmittelbar trifft ihn dieser Gedanke.

Die kleine Schwester sagt nichts. Sie sitzt wieder da, auf den Knien die Enzyklopädie, wahrscheinlich hat er lange geschwiegen, gelegen mit geschlossenen Augen, geschlafen, nein, geträumt, er weiß es nicht.

Wie viel Uhr ist es?

Halb zwei.

Wie schaffen Sie das, nicht müde zu werden, hatte er einmal gefragt, am Anfang.

Ich bin es gewohnt. Hatte die kleine Schwester geantwortet.

Das ist keine Erklärung.

Warum machen Sie das?

Weil ich studiere.

Was?

Medizin.

Deshalb die Nachtwachen.

Sitzwachen.

Aber Sie sind doch Krankenschwester.

Ja.

Aber dann können Sie doch als solche arbeiten.

Mach ich doch.

Aber warum sagen Sie dann Sitzwache?

Weil ich das bin.

Das merke ich.

Sie haben lachen müssen.

Wir haben vor dem Grabstein gestanden, ich und Wiechek.

Ja. Wiechek, der Mondsüchtige.

Wenn ich das wüsste? Sagt Biliński. Wenn es wirklich so war, machte das alles noch schlimmer. Er wischt durch die Luft, sieht sich selbst zu, wie seine Hand von rechts nach links durch die Luft greift, weg damit, weg.

Auf dem Grabstein, sagt er, standen die Eltern; Leopold Max, der Ältere, Josefine, seine Frau, und Hanni Bucherer, Leos Frau, die war ein Jahr zuvor erst gestorben. Ganz klein, unten in der Ecke, das sah nur, wer es sehen wollte, das sah nur, wer sich einen Schritt näher getraut hat, das sah, wer es wissen wollte und sonst niemand; das sah ich, weil ich nicht vor dem Grab, sondern seitlich vom Grab stand, weil ich die Schnecke anschauen wollte, die dort herumkroch und anders aussah als andere Schnecken, ein Tiger. Auf der Schubkarre hatten wir einen rauen Brocken Stein liegen, von einem alten Grab, er sollte hinauf zum Steinmetz, weil so ein Stein tat's auch für den nächsten Toten noch. Regen fiel in Schnüren vom

Himmel, legte sich mit den Böen für Momente quer, wischte den Körper, das Gesicht, die Haare klatschnass, und trotzdem konnte ich nicht weiterlaufen.

Wer ist das? Fragte ich Wiechek. Der ist ja ganz schnell wieder gestorben. Ich zeigte aufs Grab und Wiech reagierte gar nicht. Wer ist das, Johannes Bucherer?

Und Wiech zuckte mit den Schultern, das dünne Hemd klebte ihm auf der Haut, er hielt die Griffe fest und die Karre über dem Erdboden und wollte weiter. Ich konnte nicht.

Lass los, sagte ich, weil Wiech doch ohnehin zu groß war, zu lang, um einen Schubkarren zu führen, schmerzte der gebeugte Gang in seinen Knochen. Wiech war einer für aufrechte Dinge, der konnte sensen, der konnte Obstbäume stutzen, der musste so etwas tun: fegen, anstreichen und über Kopf zimmern, der kam hin, wo sonst keiner mehr hinreichte, der konnte fast in die Dachrinne spucken. Weil er zu lang war für den gewöhnlichen Galgen, machte er den Dreckschweinen Schwierigkeiten, als sie ihn hängten.

Lass doch die Schubkarre los, sagte ich zu ihm.

Nein, sagte Wiech.

Das war Unsinn. Ich sah den Regen auf Wiechs krummen Buckel fallen, der ihm nachts auf der zu kurzen Liege sowieso immer Schmerzen bereitete.

Jetzt lass ihn los!

Ich wollte ihm die Hände von den Holzgriffen lösen, aber da ließ Wiech los, endlich.

Die Schubkarre sank mit den Metallhufen in den feuchten Untergrund, der Stein war zu schwer.

Jetzt komm doch, sagte Wiech.

Aber das ging nicht. Warum stand da ein Kind auf dem Grabstein geschrieben? Es war drei Jahre tot. Es hatte ein Jahr gelebt. Wer war das? – Und plötzlich das Dröhnen in meinem Kopf, das düstere Sichgebärden von Gedanken, von Fragen, die Ahnung: Das Bastardwort, das aus Paulas Mund bitter, bitterböse klang, das sie gerne sagte, über den Franz, aus dessen Mund das Bastardwort höhnisch klang, wenn er es über die Marie sagte, und kalt wie das Fallbeil im Winter. Warum ging Paula nie zum Friedhof, warum ging Magda, ihre Schwester dorthin? Fragte ich mich. Warum brachte Magda die Blumen, warum jätete Magda das Grab, warum zündete sie das rote Lichtlein an. Warum wurde die Stirnfalte in Paulas Gesicht tief, wenn Leo sagte, man muss sich ums Grab kümmern? Leo, der Paula nicht anschaute, wenn er das sagte. Paula, die nicht auf den Friedhof ging. Wegen des toten Bräutigams. Wegen der Trauer, wegen des Schmerzes, wegen der Erinnerung. Weil der Bräutigam dann tot war. Mausetot. Unwiederbringlich tot. Tot eben. Herrgott noch mal.

Er hört sich wieder, hört sich sprechen wie vor gut sechzig Jahren, spürt sich. So stand er da und fragte den Wiech:

Wer ist der Kleine?

Wiechek, wie der mit den Schultern zucken konnte, wie der tun konnte, als wäre ihm etwas vollkommen gleichgültig.

Wiech, habe ich gesagt: Da liegt ein Kind drin.

Ein totes!

Der Dornbusch auf dem Grab trug Beeren, die die Vögel nicht liebten, die die Toten auch nicht liebten. Ich war gerne da. Alles war so geordnet, über die Mauer des Friedhofs huschten im Sommer Eidechsen wie auf meinem Bahndamm, zu Hause, jene Kindereidechsen waren so schnell gewesen wie Fliegen, so dass Izy ins Leere geschnappt hatte, dass ihre Kiefer aufeinanderklappten und die hängenden Lefzen vibrierten. Manchmal spazierte auf der Friedhofsmauer eine scheckige Katze, die ließ sich aber nicht streicheln.

Ich hatte das noch nicht gesehen davor, dass da ein Kind drinlag. Sagt er.

Er atmet in die Pause. Ganz ruhig, sein Herz schlägt aufgeregt, schlägt laut, er schnauft, schnauft gleichmäßig, er will weitererzählen.

Wir mussten nach Hause. Die Schubkarre lief voller Wasser. Auskippen war zu gefährlich, der Stein wäre ins Rutschen gekommen, und beim Aufladen waren wir noch zu viert gewesen, hatten ihn hineingehievt über ein schweres Dielenbrett, hatten ihn hineinrugeln lassen. Das war ein neues Wort gewesen. Wort aus Aichhardt. Falsch für einen großen Stein, aber meinem Vater hätte es gefallen. Das hatte meine Mutter nie gesagt. Rugeln.

Johannes Bucherer! Aber Magda, die war doch viel jünger als ihre Schwester, als Paula, die war doch so schüchtern, die hat doch noch nie mit einem Mann geschlafen, nein. Dachte ich. Wer war dieses Kind? In meinem Kopf flatterten Bilder herbei, Paula und ihr Körper, der ausladend war, groß genug, um ein Kind wie einen Stein zu transportieren, groß genug für zwei. Aber hätte ich erkennen können, dass sie geboren hat? Solche Dinge habe ich überlegt. Sie war doch meine erste Frau. Sie fühlte sich gut an.

Komm jetzt, Mensch, sagte Wiech, aber ich musste mich losreißen, wie ein Bann lag der Name über diesem einen Moment am Grab, lag das Kind auf meinem Körper und machte mich so bewegungslos wie die Angst, Paula begegnen zu müssen; wie der gleichzeitige Wunsch, Paula sofort zu fragen, wer ist das, das Kind, und von wem? Ein Zerren und Reißen, ein Bleiben und Gehenwollen, der Wunsch zu verharren und loszurennen, ein sich von allen Seiten überkreuzendes Streben und Widerstreben in meinem Körper, dass ich wünschte, ich könnte für einen Moment einfach einschlafen. Nicht mehr da sein. Aufwachen, ohne den Namen auf dem Grabstein gesehen zu haben, aufwachen und der Name wäre weg.

Wir hoben die Schubkarre an, jeweils einer an jedem Griff, rollten zum Tor, schwankten immer wieder bedenklich, weil Wiech sich so sehr bücken musste, damit wir auf gleicher Höhe schieben konnten, weil sich der lange dünne Körper und der nicht so lange kräftige Körper immer wieder behinderten, bis wir schließlich vorne an der Landstraße entschieden, uns abzuwechseln. Ich wollte schieben, als Erster, wollte das Gewicht des schweren Steins in meinen Armen spüren, in meinen Beinen, wollte lieber keuchen als denken und lieber jammern als mehr wissen. Aber länger als bis zu den drei Eichen hielt ich nicht durch, und wir mussten wechseln. Ich schwitzte, ich spürte den Regen auf den Schultern, das Wasser den Rücken hinabrinnen, die Ritze zwischen den Arschbacken hinabfließen, weil längst die Kleider so nass waren, dass nichts mehr saugte. Ich fror nicht, es war gut mit dem Regen.

Und Wiech schwieg, wie er meist schwieg und nur sprach, wenn er gefragt wurde, und weil es unmöglich war, etwas zu fragen, während ich die zwei Zentner Stein vor mir herschob, und weil es Wiech unmöglich war, zu antworten, während er das Ding in Richtung Aichhardt karrte, schwiegen wir bis zum Steinbruch. Da lehnten wir uns für einen Augenblick an den Baum neben dem Feldkruzifix Richtung Möncherkinnen, schlugen beide mit dem Daumen ein Kreuz über der Stirn und leckten uns das Wasser, das immer noch salzig schmeckte, von den Lippen und vom Handrücken. Wiech griff in die Äste des Baumes, streckte seine Arme himmelwärts, packte einen stabilen Ast, ließ sich für einen Augenblick baumeln, dass noch mehr Wasser von den großen Blättern fiel, aber sein Rücken sich langzog, wieder in seine eigentliche Form kam, und auf meine Frage, Wiechek, ist das das Kind von Paula?, antwortete er: Warum ist das wichtig?

Und wie getrieben ich die Schubkarre nahm, sie mit aller Kraft anhob, dass das Wasser hinausschwappte, was gut war, und Fuß vor Fuß setzte, den Geräuschen des Wassers in meinen Schuhen zuhörte, dem Quietschen und Knarzen, dem Grunzen unter meinen Füßen, und das Aufweichen der Haut spürte, nicht daran dachte, dass das Blasen gab, schneller ging als zuvor, aber doch so langsam, dass ich zehn Meter hinter Wiechek zurückfiel, der in seinen eigenen nassen Körper versunken vor mir herstapfte. Wir mussten uns noch drei Mal abwechseln, bis wir beim Steinmetz ankamen, der ein bösartiger Mann war und nichts Freundliches sagte, nie ein Wort des Dankes, aber das waren wir gewohnt, der uns nur befahl, den Stein unters Scheunendach zu legen und abzuhauen. Wir gehorchten, ohne mit der Hand aus dem Wasserzuber zu schöpfen, auch wenn's bis ins Dorf noch zehn Minuten dauerte, wir leckten die Lippen trocken, immer wieder, bis sie wund waren wie die Nasen von räudigen Tieren.

Biliński hört seinen eigenen Herzschlag ruhiger, das ist gut, er hört seinen Darm gluckern. Das ist so gut nicht, aber auch nicht so schlimm. Er hört auf die Geräusche seines Körpers und stellt sich vor, wie er spürt, dass sein Herz immer langsamer schlägt, die Menschen um ihn herum immer leiser sprechen, jemand neben ihm steht, Agota, schon auf der Schwelle, Agota, die ihn abholt, das geht leicht, die kleine Schwester, auch sie kann er sich vorstellen, und wie seine Gedanken an Geschwindigkeit verlieren, wie auch die Bilder in seinem Kopf. Aber er will nicht.

Weiter, sagt er. Als müsse er sich antreiben.

Ein Zittern hatte meinen Körper eingenommen wie ein sich langsam aufbauender Krampf, ein leises Kribbeln hatte ich gespürt in den Gliedern, sich vom Bauch aus in den Körper ausbreitend, hinaufwandernd in den Kopf, bis meine Zähne klapperten, bis die Kiefer aufeinanderschlugen, bis es weh tat in der Nase sogar, als wir beim Alten, bei Leo im Hof standen und der Franz schon wild nach dem Wiech schrie, der losrannte, hinüber übern Hof. Und ich, aufgeweicht, auf die Bank sank, die Zähne aufeinanderpresste, die Hände auf meine Knie drückte, um sie festzuhalten, dass sie doch aufhören mögen zu schlackern, und meinen Magen spürte, der wild pulsierte und schmerzte, und Izy war mir eingefallen, wie sie auf dem Hof gelegen hatte an jenem frühen Abend, damals, wie der Schmerz in ihren viel zu großen Pupillen hart zu pochen schien. Und ich wollte nach jemandem rufen, nach Paula, aber ich hielt an mich, versuchte zu atmen, schnappte nach Luft, ließ es zu, dass die Zähne unkontrolliert aufeinanderschlugen, unmöglich, auch nur ein einziges Wort zu sagen, nur eine einzige Frage zu stellen. Und als endlich Leo mich sah, wie ich schließlich da lag auf der Bank, hatte das Zittern nachgelassen, Schweiß stand mir auf der Stirn, aber unterschied sich nicht von der übrigen Nässe meines ganzen Körpers, doch war ich so sicher wie Leo, dass ich fieberte. Und schließlich lag ich in trockenen Kleidern unter drei Decken, wurde geschüttelt vom Frost im Körper, und dann wieder der Hitze im Körper, und Bilder ließen mich plötzlich aufrecht sitzen, Paula, die schrie, und ein Kind, das schrie, und Menschen mit Messern. Da saß Wiech neben mir und sprach beruhigende Worte: Es passiert nichts.

Und ich habe Wiech von Paula erzählt, von Paula und dem Kind, und von Paula und mir, und von Paula und dem toten Bräutigam, und von Paula und dem Friedhof, und von Paula und ihrem weichen Körper, und von Paula und meiner Liebe, und sicher ist, Wiechek hat das mit ins Grab genommen, ohne dass er seinem Mädchen, Maria, wenn sie sein Mädchen gewesen ist, ohne dass er auch nur ein Wort davon zu irgendjemandem gesagt hatte. Sonst wäre ich jetzt nicht mehr da. Und Paula nicht mehr, und –

Hannah heißt sie. Sie gäbe es auch nicht. Das sagt er nicht. Er atmet, er atmet, er atmet.

Und Wiech, sagt er, hat gut daran getan, nicht Paula herbeizuholen, Wiech war klug genug gewesen, das sein zu lassen, um wenigstens mich vor Franz zu schützen, wenn schon er selbst seinen Verunglimpfungen zum Opfer fiel, gefallen war, wenn schon er sterben musste, obwohl er alles geleugnet hat, wie Marie auch. Aber das hat nichts geholfen. Später war das gewesen.

Drei Tage habe ich oben in unserem Lager unter den Balken gelegen, habe den Raum mit den Augen und mein Innenleben mit dem Verstand vermessen, und Paula war nicht zu mir gekommen; nur ich war in Gedanken immerzu bei Paula und ihrem Körper und der Frage, ob an ihm etwas anders war, als es sein sollte.

Und immer wieder dachte ich, ich kann sie nicht fragen, aber als sie mich schließlich wieder zu sich holte, drei Tage später, als ich schließlich vor ihrer geöffneten Scham saß, als ich nichts sehnlicher wünschte, als mit meinen Fingern über die zarte weiche, die feucht schimmernde Haut zu streicheln, als ich nichts mehr wollte, als dort, in diesen Körper ganz tief hinein und gedankenlos darin liegen und mich nur spüren in einer ruhigen und gleichmäßigen und weichen Bewegung, in die sie sich mit mir hineinkreisen ließ, dachte ich, in diesem einen kurzen innigen Moment danach, ich kann sie alles fragen. Und noch als ich die Frage stellte, sah ich ihren sich verschließenden Blick, ihren sich verschließenden Mund und spürte, wie ihr Atem sich veränderte, noch bevor ihr Körper von mir wegstrebte.

So durchdringend konnte ihr Schweigen sein, dass ich es noch heute spüren kann. Eine Starre, fast einer Lähmung gleich, dumpf wirkte ihr Körper, als ich die Frage stellte, bewegungslos das Gesicht plötzlich, wie ich es auch später immer erlebte, wenn Paula nichts sagen wollte, sich in sich selbst verschloss. So war es in dieser Nacht, als ich aus dem Fieber erwacht war, aus den nagenden Träumen, in denen sich Zeiten und Menschen und Welten ineinander verschränkt hatten, übereinandergelegt, wie das nur im Delirium möglich ist, von Angst beherrscht, vom Wissen des Körpers um seine Erschöpfung.

So ist das, plötzlich ist alles wieder da. Als lägen die Bilder vor ihm, fassbar, fühlbar, lebendig wie die Blumen in seinem Zimmer, der Apfel auf seinem Nachttisch, die Kerze, die er nicht anzünden sollte, aber heimlich doch manchmal entzündete, bis es jemand bemerkte.

An jenem Abend war das Warten auf Paula, die Sehnsucht unendlich geworden, weil ich mich wieder kräftig gefühlt hatte und gut, seit dem Nachmittag die Augen hatte offen halten können, wollen, und ich sogar dem Alten schon angeboten hatte, ein paar Stiegen Holz zu schlagen.

Bub, morgen! Das reicht noch.

An der großen Freiheit hatte sich an der einzigen flachen Stelle eine Handvoll junger Forellen im Nachmittagslicht gesonnt, sie waren erschrocken über meinen Schatten, waren auseinandergeflitzt, wiedergekommen, als ich still saß und die Sonne das immer noch hohe Wasser des Baches durchleuchtete bis zum Grund. Unendlich langsam war die Zeit vergangen am Abend, bis der

Schlaf sich über Wiechek gelegt hatte, bis ich ihn ruhig und gleichmäßig atmen gehört hatte und draußen die Tiere still geworden waren. Bis ich mich hatte hinauswagen können. Es war der immer gleiche Vorgang gewesen, ich hatte mich erhoben, war nicht geschlichen, sondern auf bloßen Füßen zur Treppe hinübergegangen, hinab, übern Hof, zum Fenster der Speis, aber dann zur Haustür, nur Diebe klettern durch Fenster, die Tür war nie abgeschlossen. Der Schlaf des Alten, bis drei in der Nacht schlief er tief, dann wurde er unruhig, manchmal wanderte er durchs Haus, schlaflos, bis er wieder ruhig wurde, ließ mir Zeit, ich kannte mich aus mit ihm. So war das geworden, als sich in der Unsicherheit eine Sicherheit einstellte, vielleicht auch so etwas wie Gewohnheit. Aber es war ein anderes Brennen gewesen an diesem Abend, anders als sonst. Nichts Belebendes darin, kein freundliches Glühen, keine glimmende Erregung, nur eine Frage, nur eine Angst: Wer ist dieses tote Kind? Und schließlich dieser wie neue Moment, als ich Paula durchs Dunkel hindurch ahnen konnte, ihren erwartungsvollen Körper, der tagelang nichts hatte von mir wissen wollen. Sie, die sich nicht gezeigt hatte während meines Fiebers, kein einziges Mal ein Zeichen gegeben hatte, begehrte ich so sehr. Und ja, ich hatte es als Vorsichtsmaßnahme gedeutet, hatte keinen Grund gehabt, zu denken, ich sei ihr egal: im Gegenteil. Wäre sie übern Hof gelaufen, hinaufgestiegen unters Dach des Stadels, wo ich mit Wiechek hauste, sie hätte sich verdächtiger nicht machen können. Erst später war mir der Gedanke gekommen: Schon damals hat sie nur genommen!

Von wem war das Kind? Fragt die kleine Schwester.
Ich weiß es nicht.
Aber es war Paulas Kind?
Sie hat keine Antwort gegeben. Sagt Biliński. Ja, ja, es war Paulas Kind.

Sie schüttelt den Kopf. Zum ersten Mal schauen sie sich an, seit sie wieder bei ihm sitzt, seit wann eigentlich ist sie wieder da? Er erzählt mit geschlossenen Augen, sein Körper ist eine helle Kammer voller verloschen geglaubter fotografischer Eindrücke. Regen, das Dach der Scheune lässt Licht herein, Wiechek atmet, Biliński geht die Treppe hinab. Paula, er sieht sie, er spürt sie: das Schweigen, so hart, so unüberwindbar, wie es immer gewesen war.

Paula ist tot. Was bedeutet das? Er fragt es nicht laut, nur sich, er kennt die Antwort schon, er schweigt in den Blick der kleinen Schwester hinein, verliert sich: sieht Hannah, den Pferdeschwanz. Unendlich lange ist das her. Sie muss sechzig Jahre alt sein heute. Er erschrickt.

Die Augen der kleinen Schwester blicken hellwach, sie will etwas wissen, das sieht er, sie wartet, sie weiß, dass er weitererzählen wird, sie sieht es ihm an.

Es bedeutet etwas, dass sie tot ist. Sagt er. Paula.

Hannah, das ist noch kein Name, den sie kennt. Er schluckt, noch einmal schluckt er, schwer. Lange wird ihm das nicht mehr gelingen, er weiß das.

Es klopfte an der Tür, jemand klopfte heftig gegen die Tür. Er duckte sich, Paula lag an ihn gedrängt. Ob er sich unters Bett legen sollte? Die Tür war nicht abgeschlossen.

Er ließ sich aus dem Bett gleiten und auf den Fußboden, mattes Holz, er rollte unters Bett, stieß mit der Stirn an den Federrost, spürte, wie die Haut sich aufschürfte und dass Paula sich bewegte.

Ja, sagte Paula.

Er sah ihr Nachthemd, das mit den blauen Blumen, und darunter ihre Füße, ihre Waden, dann stand sie neben dem Bett. Die Tür ging auf.

Ich habe Stimmen gehört, sagte Leo, der Alte.

Du hörst immer Stimmen, sagte Paula. Komm.

Sie trat zur Tür. Eine Feder hatte sich über Janeks rechtem Rippenbogen gelöst, der Draht drückte ihm in die Haut, es tat weh. Er wollte mit der Hand nach dem Schmerz greifen, aber er konnte sich nicht richtig bewegen.

Es tut weh in der Brust.

Klingeln. Klingeln! –

Er liegt auf der Seite, die Faust in den Rippenbogen gestemmt. Die Hand ist eingeschlafen, so sehr, dass es schmerzt, als das Blut sich den Weg bahnt. Kein Schmerz in der Brust.

Es dauert zu lange, bis jemand kommt, bis die kleine Schwester kommt. Es dauert zu lange. Die Augen fallen ihm zu.

Herr Biliński!

Es ist anstrengend, sich von der Seite auf den Rücken zu drehen in der Nacht. Als falte er sich anders hin, als sei er aus Papier, ein Origami-Tier, wie Pius sie häufig zu falten pflegt, das sich in ein anderes verwandeln konnte; spitz ragen die Körperteile in verschiedene Richtungen.

Herr Biliński?

Über sich sieht er das Gesicht der kleinen Schwester, sie beugt sich zu ihm hinab und legt einen Arm auf seine Schulter.

Wie liege ich?

Anders als sonst, sagt sie.

Das merke ich.

Sie haben sich von mir weggedreht, sagt sie.

Sie hilft ihm, seinen Körper wieder in Rückenlage zu bringen, die bequemste Lage eigentlich. Er liegt nie so, wie er gerade gelegen hatte.

Er schüttelt den Kopf.

Sie lächelt, als er nach ihrem Arm greift, und zieht ihn nicht zurück. Seine knisternde faltige Hand liegt kühl um ihren Unterarm.

Was ihm fehlen wird, wenn er tot ist: die schöne Stimme der kleinen Schwester, ihre wutfunkelnden Augen, der wippende Pferdeschwanz, dass er sich ihre Haut am Bauch vorstellen kann, auch wenn er so etwas nicht laut sagt. Pickel, die man leicht ausdrücken kann, die freie Nase nach dem Schnäuzen. Kondensstreifen, das Glitzern der fliegenden Eisenpanzer am Himmel, bestrahlt von der Sonne. Rosinenbrötchen, kross gebacken, wie Werner sie ihm jedes Mal mitbrachte. An Agota denken und ihren Körper. Die Farben der Blumen, ihre filigranen Blüten und Blätter. Das aufgeregte Gezwitscher der Schwalben, die sich unter dem Gebälk des Klinikdachs eingenistet hatten; Vogelsturzflüge, nicht wetterabhängig. Den kleinen Schmerz, wenn der Barbier die Ohrhaare entfernt. Wie es ist, Kirschen vom Baum zu essen und die

Pärchen zu teilen. Ochsenherztomaten, Steinpilze, Wildschwein. Amarone, Riesling.

Bub! Komm, Bub! Und obwohl nur Leo, der Alte, so rief, dachte ich zuerst an das Bellen eines Hundes. Mensch oder Tier, beide bedeuteten Wärme in diesen Tagen. Von weit her war der Ruf gekommen: Bub, von weit hinten, wie aus einer anderen Gegend, oder Welt. Ich saß am Wasser, erschrak, als seine Stimme zu mir vordrang, aus schlechtem Gewissen. Ich hatte am Ufer entlang das hängen gebliebene Schwemmholz sammeln wollen, es gab viel davon nach Regentagen, und es brannte gut, wenn es durchgetrocknet war, aber noch kein Stück davon hatte ich aufgelesen, als er rief, nur ins schlammige, aufgewühlte Wasser gestarrt und über Paula gerätselt. Warum war es nicht sie, die nach mir rief. Seit ich sie nach dem Kind gefragt hatte, war sie mir aus dem Weg gegangen.

Lass mich. Komm nicht. Nein.

Eine verschlossene Kammer. Nächte, die ich wach lag unterm Scheuendach und in schmale Schlitze, in chinesische Lichtaugen schaute, wenn der Mond schien. Der Krieg war zu Ende, und ich sollte zurück nach Polen, wie alle anderen von uns. Aber ich hatte mit Polen gebrochen, als hätte dies Land Schuld an meiner Misere gehabt, und am Tod meiner Familie. Hierher gehöre ich, zu Paula, dachte ich, und dass ich ein Mann bin. Ich rannte zum Fluss, wann ich konnte, ich schrie meine Wut und Enttäuschung in dieses Schmutzwasser hinein, ich weinte und spuckte auf Paula, bis mein Mund und meine Augen trocken wurden, und bis an jenem Tag der Alte mich rief:

Da ist jemand für dich.

Wer sollte mich sprechen wollen? Paula wäre selbst zum Bach gekommen. Der Ortsvorsteher, Breuer? Nein, bei Breuer hätte der Alte mich nicht gerufen, das habe ich gewusst.

Breuer taugt nichts, sagte Leo, hat nichts, kein Herz und keinen Verstand. Nur einen Strohkopf.

Und wenn es doch Breuer war? Es würde mir ja gar nichts anderes übrig bleiben, als mit ihm zu sprechen, mit ihm zu gehen. Wohin? Wer konnte es sich erlauben, den Ortsvorsteher wegzuschicken! Ich trottete über die Wiese, als hinge ich an einem Kälberstrick hinterm Wagen, erblickte von weitem einen gut gekleideten Mann, er trug einen Mantel, und als ich näher kam, sah ich das Hemd und dass er ein Sakko unterm Mantel trug. Ich scheute, ich spürte den Widerstand in meinem Körper: Die holen mich ab! Die haben das herausgefunden mit Paula und mir. Ein Widerwille hat sich mir in die Beine gesetzt, Angst war das, ich wollte stehen bleiben, lieber noch umdrehen, wegrennen. Ich blieb stehen. Wenn sie es nun herausgefunden hatten? Jetzt, wo der Krieg zu Ende war und alles anfangen konnte. Ich haderte mit Paula, weil sie dabei war, mich zu verlassen, aber ich liebte sie doch. Ich sah die schlackernden Füße von Wiechek am Galgen. Meine Muskeln spannten, als wollten sie bersten, ich musste nur loslassen und ich würde wie aufgezogen davonschnellen, die Wiese hinab, über den Bach, drüben die Böschung hinauf, über den Hof vom Sägewerk, über die Straße Richtung Mönckerkinnen und weiter und weiter, dachte ich. Und dann, was wäre dann, wohin sollte ich?

Keine Angst, rief der Alte. Er winkte, komm, Bub! Komm!

Dem Alten vertraute ich, ich zitterte zwar, aber ich schaffte es, durchs Gatter in den Hof hinein zu gehen.

Komm, Bub, rief der Alte immer wieder und klang froh. Seine Falten lagen fein um die Augen, die Wangenknochen spitz unter der dünnen Haut, seine Augen lachten. Ich sah, er war sicher, dass der, der vor ihm stand, ein guter Mensch war.

Und ich verstand nicht: Kannte ich diesen Mann, kannten die beiden sich? Nein, aber der wohlgekleidete Mann strahlte mich an, schaute mich an, musterte mich, mich, in den armseligen, abgewetzten Hosen. Dieser feine Mann, wer sollte das sein?

Er hielt inne: Izys Halsband. Braunes Rindsleder, das an einer Stelle gebrochen war, wie der Hals von Izy, wie ihr Rücken. Nur früher schon. Dieses Band, und wie er es, eineinhalb Tage nachdem der Onkel gekommen war, unterm Kopfkissen hervorgezogen hatte beim Packen, wie er daran geschnüffelt hatte wie in so vielen Nächten der fünf Jahre zuvor, und wie er sicher war, Izy noch zu riechen, wie es immer noch nach Hund gerochen hatte, und wie er es zuunterst in den Rucksack steckte, weil was zuunterst lag, am schwersten verloren ging. Und wie er für Wiechek gebetet hatte an dessen Liege. Nun würde er Wiechek verlassen, hatte er gedacht, dabei war der Wiech schon tot gewesen.

Biliński schwieg.

Wer war er, fragt die kleine Schwester, der Mann?

Er konnte von einem Gedanken zum nächsten vollkommen in die Tiefe sinken, irgendwo hinab in seinen Körper, wo es keinen Unterschied mehr gab zwischen innen und außen, zwischen denken und fühlen, zwischen Erinnerung und dem, was gerade geschah, alles geschah jetzt.

Stani, sagt er. Onkel Stani.

Er sucht das Bild.

Ein wenig wie die Mutter hatte Onkel Stani ausgesehen, die lange Nase im eher rundlichen Gesicht, die Haare von nahezu derselben Farbe. Jedenfalls erkannte ich das, als ich bei ihm wohnte und ihn irgendwann zu mögen begann. Vor ihm stehend fragte ich mich nur, woher kenne ich den? Wie klein ich gewesen war, als ich den Onkel zum letzten Mal gesehen hatte. Und wie konnte das sein, dass er mich gefunden hatte? War er es wirklich, meinte er es gut? Was, wenn das doch einer von denen ist, und die wissen, dass ich und Paula … Gespensterfragen klapperten nachts in meinem Kopf herum. Drei Uhr morgens Fragen. Fragen zur Grübelstunde. Misstrauen und Freude mischten sich, als Onkel Stani sich zu erkennen gab, es gibt einen Menschen in Deutschland, der mit mir zu tun hat, mit mir, Janek Biliński. Stellen Sie sich das vor! Sagt er.

Aber, er weiß es noch, es war ein Schrecken auch. Wie sollte es weitergehen mit Paula, wenn ich mit dem Onkel mitging? Und andererseits war es ein Glück: Ich konnte gehen, wenn sie mich nicht will.

Aber ich muss mich nicht heute entscheiden, oder?, habe ich gefragt, vielleicht auch gefleht.

Der Onkel quartierte sich im einzigen Gasthaus in der

Gegend ein, für eine Nacht, für noch eine. Womöglich wäre er sofort abgefahren, wenn er gewusst hätte, dass dort die Nazis gehurt haben. Wie ich da gestanden habe, in meiner Schiebermütze von Wiechek und den heruntergekommenen Arbeitskleidern, vor meinem schönen sauberen Onkel. Jetzt muss er lachen. Wie er da gestanden und nichts zu sagen gewusst hatte!

Er lauscht, sie sitzt bewegungslos, er hört nur ihren Atem. Dass jemand auch noch atmet im Raum, dass er es hört! So lange bin ich noch da. Wie bemerkt man den Tod? Wie merkt man, dass man nicht eingeschlafen ist, sondern für immer aus der Welt?

Man sieht nichts mehr. Der Tod bringt einen um Fragen, um Antworten, um Bilder. Wie soll er leben können ohne Bilder? Ohne Landschaft, ohne Erinnerung, ohne seine Geschichte? Unsinnige Überlegungen. Nach dem Tod bist du tot, mein Lieber! – Aber wie geht das Nichts? Im Schlaf gibt es immerhin den Traum.

Agota, wie ist das, wenn man tot ist?

Leider empfängt er keine Signale aus dem Jenseits.

Tagtraum, Nachttraum, lange her, gerade geschehen, das macht kaum mehr einen Unterschied. Wenn er wach ist, schon. Er öffnet die Augen, schaut in den hellgelben Zimmerhimmel, der ihn stört, seit er hier ist, ein Himmel ist nicht gelb. Marita sitzt neben ihm. Es ist noch nicht die schwere Nachtstunde erreicht; aber ich habe angefangen vom Ende zu erzählen, denkt er.

Hör auf mit der Angst, sagt er leise.

Bitte? Die kleine Schwester fragt.

Nichts. Sagt er.

Und dann fällt es ihm ein, was ihn an Stani beeindruckt hat, bevor die Angst kam.

Soll ich dir etwas zeigen, die große Freiheit? Habe ich meinen neuen Onkel gefragt. Er sieht sich, Janek, nicht zehnjährig, nein, mehr als zwanzigjährig und doch wie ein Kind. Der Onkel, im Anzug, der sofort mitkommen will. Er wäre mit den guten Schuhen durch den Matsch spaziert, hätte es Leo zugelassen, sagt er, aber der gab ihm die Stiefel von Hanni.

Die passen! Sagte Leo.

Die passten. Wie er, Janek, zählte, bis Stani die Schuhe ausgezogen hatte, wie er zählte, weil er glaubte, es könne in jedem Augenblick etwas passieren, eins, etwas dazwischenkommen, zwei, konkreter, der Onkel wieder weg sein, drei, der Ortsvorsteher ihn abholen, vier, die Strafe käme sicher, fünf, der Galgen, sechs, der Henker, sieben, acht, Paula könnte nicht wieder heimkommen, neun, Fliegeralarm, zehn, elf, zwölf, dreizehn … Die Gedanken überschlugen sich, rannten kreuz und quer und in Haken, und was er fühlte, hatte keinen rechten Sinn; als böge es ihm den Körper in alle Richtungen. Er zählte, neunzehn, bis sich Stanis Anzugshose herrschaftlich in den Stiefelschäften plusterte, fünfundzwanzig, sechsundzwanzig, bis ein erwartungsvolles freundliches Gesicht zu ihm aufschaute und neugierig war, wenigstens bis dreißig. Er hörte auf zu zählen, als der Onkel sagte: Los!

Und er merkte, der hat keine Angst vor dem Dreck, vor dem Matsch und dem fremden modrigen Geruch. Als er ihn hinter sich gehen spürte, fühlte er sich sicher. Wie lange nicht. Das Bild: die weich sich nach unten ausdehnende fruchtbare Wiese, Feuchtland, der Holzzaun am unteren Ende, die Gänse am oberen, die ihnen hinterherschnatterten, aber zusammen blieben, wo sie waren, der Bach, der so viel braunes Wasser trug, dass man ihn sehen konnte durch die Haselbüsche und Buchen hindurch.

Und wie mein Onkel auf den Spalt geschaut hat, als ich ihm den zeigte, »die große Freiheit«, eine Lücke im Zaun, dann auf den kleinen Trampelpfad, der vollends hinunterführte ans Ufer, und dann auf den Bach. Über sein Gesicht war ein Lächeln gehuscht.

Und wohin schwimmt man dann, hat Onkel Stani gefragt.

Ins Meer, ins Meer. Weit. Hat der alte Leo geantwortet.

In den Bodensee, habe ich gesagt. Denn das Meer lag für mich zu Hause.

Paula hat immer gesagt: Der kleine Bach fließt in die Riss, und die Riss in die Donau, und die fließt in den Bodensee. Er schüttelt den Kopf.

Die kleine Schwester lacht.

Die Donau fließt ins Schwarze Meer, sagt Biliński in das Lachen der kleinen Schwester hinein.

Ich weiß. Sagt sie.

Das wissen Sie, fragt er. Und sofort tut es ihm leid.

Sie schaut ihn an, sie schweigt.

Warum sagt er nicht: Es tut mir leid. Warum glaubt er seinem Zweifel mehr als ihr? Er dreht den Kopf weg. Warum erzählt er ihr das alles, wenn er denkt, er habe eine dumme Zuhörerin. Er kennt nur eine Frau, die er für wirklich klug gehalten hat. Agota. Wie viele Frauen kennst du, mein Lieber? Seine Schultern zucken unter seiner Frage zusammen. Paula, Agota. Hannah, was weiß er denn von ihr? Er hat sich nicht viel aus Frauen gemacht. Außer aus Agota. Aus Paula. Sein Körper macht eine unzufriedene Windung. Er hält still. Er kann den Kopf wieder zu Marita drehen. Er sieht, sie hat ihm zugeschaut. Er lächelt milde. Ihr Gesicht schweigt.

Entschuldigung. Hört er sich sagen.

Und dann: Mehr war nicht geschehen an diesem Tag. Die Sonne hat sich durch die Wolken geschoben, als wir dort standen, der Onkel und ich am aufgeweichten Ufer des Dorfbachs, schweigend minutenlang, und ich hörte ihn atmen, wie Sie, jetzt, so nah, aber das Dreckwasser sah auch in der Sonne wie Dreckwasser aus.

Er hat ein Auto, dein Onkel, hat Leo am Abend zu mir gesagt, er ist nicht arm, das sieht man.

In der Nacht bin ich zu Paula geschlichen.

Ich habe einen Onkel, hier in Deutschland, habe ich ihr erzählt, und ich sah das Lächeln, das über Paulas Gesicht huschte.

Dann weißt du ja, wo du hingehen kannst, hat sie gesagt.

Er wartet auf eine Reaktion der kleinen Schwester. Er zählt Atemzüge, seine. Fünf. Länger hält er es nicht aus.

Hören Sie mir zu, fragt er.

Ist das wichtig?

Ja, sagt Biliński, sehr.

Ich glaube, es ist Ihnen manchmal egal. Antwortet die kleine Schwester.

Er schweigt. Er schüttelt den Kopf. Er schaut sie an. Lange. Sie hält seinem Blick stand. Hannah. Er sieht wieder Hannah. Er sieht das junge Mädchen, das Hannahs Augen hat, seine dunklen Augen hat.

Gut. Sagt die kleine Schwester, sie senkt den Blick, den Kopf, greift kurz und fest nach seinem Handgelenk.

Ihre Hand ist wütend, sagt Biliński.

Bitte?

Sie sind ärgerlich auf mich?

Sie steht auf, schaut auf die Infusion mit dem Schmerzmittel, bewegt sich wieder um die eigene Achse, ein Mal, wie er es noch nie bei einem anderen Menschen gesehen hat. Wie ein Hund muss er jedes Mal denken. Dann setzt sie sich wieder. Sie gibt keine Antwort.

Sie erinnern mich an jemanden, sagt er. Als wären Sie ihre kleine Schwester.

Sie stutzt.

Er schüttelt den Kopf.

Paula, sagt er, sie wollte nicht mehr, dass ich bleibe.

Wie groß der Abstand in dieser Nacht zwischen uns gewesen ist. Seine Hand macht eine Öffnung zur Tür hin, spürt, wie vermessen es ist, eine Entfernung aufzumachen, die nur sein Körper noch weiß.

Nichts habe ich verstanden, sagt Biliński. Jetzt, wo alles möglich wäre, jetzt willst du nicht mehr, habe ich zu ihr gesagt.

Und Paula, wie sie mit den Schultern gezuckt hat. Sie hat nicht einmal genickt.

Es ist nicht so leicht. Das hat sie gesagt.

Bis heute weiß er nicht, was nicht so leicht war.

Wann bewertet man sein Leben wie? Wie oft er diesen Satz denkt.

Ich erzähle Ihnen sentimentales Zeugs, sagt er.
Bis ich weine, sagt die kleine Schwester.

Keine Ironie kann er in ihrer Stimme hören, er schaut sie skeptisch an, aber sie schaut ernst. Er weiß, er muss all das erzählen, so als nehme er Anlauf. Seit Wochen der Anlauf. Er erzählte ihr von Agota, fast alles, von seiner Arbeit, den Häusern, dem Garten, den Pflanzen, von Pius, Agotas Sohn in Taipeh, Architekt wie er. Dazwischen ließ ihn die Operation still werden, schlafen, schweigen, in der Enzyklopädie blättern: Gewöhnlicher Fransenenzian, Blauer Tarant, Weiße Schwalbenwurz, Ackerröte, Färbermeister. Müdigkeit. Die kleine Schwester blättern lassen, ihre Fragen beantworten, Elsbeere, kann man die nicht essen? Fetzen von Geschichten in seinem Kopf: Agota, Pius, Werner, sein Freund und das Essen zu dritt, nachdem Agota von ihm wegwollte und zum Glück blieb. Im Tropf die Schmerzmittel, Opiate stärker, Versuche der Erinnerung im Dämmer. Bis es ihm besser ging, die Dosierung der Drogen immer weiter verringert wurde, oder jedenfalls so, dass er wieder alles genau wusste, sich erinnerte und froh war, dass er noch ein wenig Aufschub bekommen hatte. Und doch weiß er, würde er auf sich selbst schauen, von außen, von oben, wie es die kleine Schwester seit Wochen tut, könnte er zuschauen, wie er weniger wird und sein siecher Körper schwächer. Man sieht aus dieser Perspektive aber nicht in den Kopf hinein! Nicht auf seinen Geist, wie der sich sträubt, still zu halten, vom Strom zu gehen, wie er in Bewegung ist, wie es pulsiert in seinem knochigen Schädel. Die Augen offen, geschlossen, offen, geschlossen, die Welt zwar nur ein Krankenzimmer, dessen Himmel und ein Schwesterngesicht, aber was noch darin passierte, das sah man nicht aus der Draufsicht. Warum er sich das immer wieder vorstellte, sich und die kleine Schwester, von oben, von ferne betrachtet. Als müsste er das Bild festhalten. Und was man nicht hören kann: zwei Atem im Zimmer in einer Nacht, und dass ihm die Stimme nicht versagte.

Schenken Sie mir ihr Ohr, bitte! Das hat er wirklich gesagt, viele Wochen ist das her.

Dass ihn die kleine Schwester an Hannah erinnert, das war nicht gleich geschehen. Er kann es jetzt aushalten. Es war längst Zeit. Immer wieder hat er junge Frauen gesehen, von denen er dachte, sie seien es, das dichte Haar, dunkel wie ihres, leicht gewellt, toupiert, kurz, oder mit Pferdeschwanz, die hohen Wangenknochen, die schmale Nase, die nach unten in die Breite ging, die zierliche lange Gestalt, mehr weiß er nicht mehr. Eine Sonnenbrille, auch dunkel. Bilder wie Blitze, wie Bienen auf Blüten, die sich setzten und genauso schnell wieder aufflogen, davonflogen, weit, wie Stare im Herbst.

Du müsstest nur zu mir stehen, habe ich zu Paula gesagt, sagt Biliński. Und dass Leo es doch ahnt, ihr Vater, dass so ein Vater so etwas versteht.

Sie hat den Kopf geschüttelt, Paula. Und da habe ich gewusst: Jetzt muss ich gehen. Aber wie langsam die Botschaft durch meinen Körper wanderte, bis sie in meinen Füßen ankam, bis es die Füße verstanden, bis die Füße wieder die Botschaft nach oben sendeten und ich schließlich aus der Kammer verschwinden konnte. Kennen Sie so was? Wie langsam man reagiert?

Er wartet nicht auf eine Antwort, sieht Leo, sieht ihn auf der Bank sitzen. Das war bestimmt am folgenden Morgen, als er, Janek, vom Schuppen mit hängendem Kopf zum Haus hinübergelaufen kam. Aufmerksam war Leos Blick immer gewesen, wie der eines guten Vaters, wie der eines Menschen, der Anteil nimmt.

Bub, es ist besser, hat der Alte gesagt. Aus dir kann was werden, hat der Alte gesagt. Geh zu deinem Onkel.

Und ich habe nicht heulen müssen. Nur später, als ich manchmal überlegte, ob ich Leo noch einmal besuchen soll, um ihm zu danken. Aber es nie tat.

Sie haben ihm bestimmt gedankt, sagt die kleine Schwester.

Er weiß, dass er es getan hat: Ja, sagt er.

Er weiß, dass er ihm nie hatte genug danken können.

Wie ich mit Stani nach Gschwad kam, daran habe ich keine Erinnerung mehr. Nur an die letzte Nacht in Aichhardt, alleine unter dem maroden vieläugigen Schuppendach, das in dieser Nacht mit geschlossenen Lidern lag; der Mond schien nicht. Wind blies den Regen durch die Ritzen, blies die Feuchtigkeit auf mein Lager, die Nacht war laut. Ich hätte ungesehen, ungehört zu Paula hinübergehen können.

Er will die Augen öffnen, das geht aber nicht, zu viel Luft strömt in seinen Körper. Er strengt sich an. Licht dringt durch einen kleinen Schlitz, es ist so rot, dass er die Augen gleich wieder schließt.

Tiermehl kann man nicht essen. Warum macht diese Frau daraus ein Brot. Ist das Hannah? Es ist Paula! Teig quillt dick durch ihre Hände, umfängt die braunen Finger, heller Teig, fast weiß, hautiger Teig, schmierig, talgig, die Finger verschwinden, die Finger sind weg, nur noch der Teig liegt da und brodelnde weiße Blasen, immer neue weiße Blasen, milchweiß, knochenweiß. Die Hände kommen von oben, fassen mitten hinein, da platzen die Dinger, weiße Haut klebt auf den Fingern. Woher hat Paula das Mehl? Hunde liegen dort. Großes braunes Fell und weiches schwarzes, klein und matt, die bewegen sich nicht mehr. Ist er nun in der Fabrik? Schnitte am Bauch, lange Schnitte, am Bein, ritsch, ritsch, am anderen, das Messer ist scharf. Das Fell muss herunter, das Fleisch muss herunter, alles muss getrennt werden, das ist eine Arbeit, das will er aber nicht sehen. Knochen von Tieren. Er will nicht in Hannahs Fabrik sein. Der braune dicke Hund wird auf einem Band befördert, dahinter der schwarze und ein Dackel. Das ist ein Reh, das ist eine Katze, das ist ein Schwein, das ist auch ein Schwein, er kennt sich aus, das ist wieder ein Hund, noch einer. Das sind Knochen. Der Teig liegt auf dem Tisch, und darin wühlen die Hände. Ein Ring fällt herunter. Paula, der Ring!

Warum macht sie den Teig aus dem falschen Mehl, und warum hört sie ihn nicht? Da liegt doch der Ring neben ihrem Fuß. Das kann man doch nicht essen, das Brot. Die Hände wälzen den Teig über das Brett, graben sich hinein, reißen ihn auf, die Oberfläche zerfetzt und wird wieder zusammengepresst. Starke Hände sind das. Sehr starke Hände. Da macht jemand etwas an seinem Arm, da zieht jemand an seiner Haut, da drückt jemand seine Haut zusammen, Falten und Falten, nein. Er schüttelt sich.

Herr Biliński!

Hannah?

Warum schneiden sie ihm so in den Arm? Er hat den Ring doch noch nicht aufgehoben. Er ist im Teig, da ist der Ring, das müssen sie doch sehen, dass der Ring im Tierteig liegt, im weißen Loch, in der Blase ganz oben, wenn die platzt, wenn da hineingestochen wird, kommt der Ring zum Vorschein. Das ist doch Paulas Ring. Warum liegt er auf dem Fußboden. Auf den Tisch damit!

Ist das Hannahs Auge? Er muss schwer atmen, ein Mal, dann wird es leichter.

Herr Biliński!

Jemand rüttelt an ihm.

Sie ist da! – Sie ist es aber nicht. Ihre Augen sind das.

Ja? Fragt die kleine Schwester.

Er ist nass geschwitzt, nass geträumt.

Wie viel Uhr ist es?

Viertel nach zwei. Ich habe die Infusion gewechselt.

Bleiben Sie!

Ja.

Wenn die Träume beginnen, der fiebrige Zustand, wenn zwischen Schlafen und Wachsein nur eine kleine, eine schmale Brücke hin- und herführt, schwankt, unten ein Abgrund, unten der Himmel sogar, und Wörter sich so frei bewegen wie Luftblasen, wenn das Licht grell wird, dann verschwindet, hell, dunkel, wenn die Bilder sich nicht mehr unterscheiden lassen: Erinnerung, Wirklichkeit, Phantasie eins werden, dann weiß er Dinge, die er schon gar nicht mehr gewusst hat. Der Tiermehlfabrikant! Das war doch Hannahs Mann. Die Stunden sind gefährlich, wenn der Schlaf sich über ihn legen will, wenn er zu kämpfen beginnt gegen die schweren Lider, gegen das Absinken, als sei sein Bett ein See, warmes tiefes Wasser, unendlich tief, nichts kommt mehr, er sinkt, sinkt, versinkt: Davor hat er Angst.

Ich will jetzt nicht alleine sein. Sagt er.

Ich weiß. Die kleine Schwester.

Nein, eines stimmt nicht. Es ist nicht seit Wochen der gleiche Kampf, es sind nicht seit Wochen die gleichen langen Stunden zwischen Mitternacht und der beginnenden Dämmerung. Es ist schlimmer geworden. Je mehr er sich in das alte Leben hineinbegibt, desto mühsamer kämpft sein Körper mit der Ermattung. Aber vielleicht ist es auch anders, vielleicht wird er nur immer schwächer. Vielleicht. Wort gestrichen. Es ist so, mein Lieber. Biliński sagt es nicht laut. Er öffnet die Augen. Auf dem Nachttisch steht der gefüllte Wasserbecher, aber er hat keine Kraft, sich hinüberzubeugen. Er muss nichts sagen, sie hat es gesehen.

Bitte, sagt die kleine Schwester, sie reicht ihm das Gefäß.

Es wird nicht besser, sagt er.

Was?

In den Nächten.

Er trinkt, langsam, er möchte spüren, wie die Flüssigkeit ihn erfrischt. Er spürt es aber nicht. Wie ein Tuch liegt die Stille über dem Zimmer. Leichentuch.

Denk das nicht, sagt Biliński leise. Wie ein? Es fällt ihm nichts Passendes ein.

Deshalb will er nicht verbrannt werden: Weil er hinter Agota liegen möchte. Asche ist kein Körper.

Hannah, hört er sich plötzlich sagen.
Herr Biliński? Er sieht, er hat die kleine Schwester erschreckt.
Nichts. Sagt Biliński. Ich weiß schon, wie Sie heißen. Er will grinsen, aber es gelingt ihm wieder nur eine Grimasse.
Er sieht, wie es rumort in ihr.
Er schüttelt den Kopf.
Wer ist Hannah?, fragt die kleine Schwester.

Dafür ist es nun zu spät. Aber warum war noch nie einer darauf gekommen, die ganzen Feld-, Acker- und Wiesenblumen in einem Gewächshaus zu ziehen, mitsamt der ganzen Hummeln, Bienen, Wespen und Grillen, Heuschrecken, Käfer und Ameisen. Vielleicht gibt es das auch schon. Jedenfalls weiß er nicht, wo. Oder es geht gar nicht. Aber man konnte doch inzwischen jedes Mikroklima herstellen, fast jeden Boden nachbilden, das weiß er. Man könnte die tollsten Gewächshauslandschaften gestalten, mit Arealen aus Blütengewächsen mit Tiernamen: Ochsenzunge, Austernkraut, Natternkopf und Hundzunge, Hundswurz, Igelsame, Schlangenäuglein, Katzenminze, Storchschnabel, Vogelfuß, Spatzenzunge und so weiter, das wäre gar nicht so schwer. Und den ganzen Pflanzen mit Körperteilen im Namen: Finger-Küchenschelle, Fingerkraut, Faltenohr, Ohrblume, Bubiköpfchen, Mannschild, Knorpelmöhre, Augentrost, Zahntrost, Wasserdarm, Hohlzahn, Lungenkraut, Beinwell, Milzkraut und was es noch so alles gibt. Er kann diese Namen auswendig, er hat es der kleinen Schwester bewiesen, indem er die

Enzyklopädie schon vor dem Aufzählen der Namen zur Seite gelegt hat.

Sie lacht.

Er hatte es zur Beruhigung zur Hand genommen, sein Blumenbuch; der Schmerz pochte in der Wange, pochte im Bauch. Obwohl das nicht sein konnte. Er bekam doch ausreichend Schmerzmittel. Aber es war so. Die Ameisen liefen unterm linken Auge herum, zum Ohr hinüber, zum Mund hinab, trippelten unterm Wangenknochen auf der Stelle, pissten scharf, er rieb sich die Haut, kratzte sich den alten Schorf ab, bis die kleine Schwester in abzulenken versucht hatte. Es ist besser geworden.

Wenn er noch einmal von vorne anfangen könnte? Würde er dann Gartenarchitekt werden, oder Botaniker? Wollte er überhaupt noch einmal von vorne anfangen? Wenn er das bestimmen könnte. Noch ein Leben? Noch einmal dieses Leben?

So lag ich ungefähr, so wie jetzt, denkt er, sagt es schließlich, einundzwanzig Jahre alt war ich, so lag ich, nur ohne körperliche Schmerzen, wochenlang, halb schlafend, halb wachend, versunken, und glaubte, es würde nie mehr gut werden, das Leben. Er lacht auf.

Kennen Sie das? Fragt er.

Sie zuckt mit den Schultern.

Sind Sie noch nie verlassen worden?

Wieder ihre Augen, die ihn nicht erkennen wollen, Hannahs Augen. Der Pferdeschwanz, wie er mit der Bewegung ihres Kopfes ihren Rücken wischt.

Nein, sagt sie.

Nein. Sagt er, nicht wissend, ob das eine Frage war,

und nicht, ob er sagen soll: Da haben Sie Glück, oder: Es ist das größte Unglück, das man empfinden kann, aber man gewinnt daraus Kraft.

Ich bin immer selbst gegangen, sagt die kleine Schwester. Er hört es, aber es erreicht ihn nicht mehr.

Wie durch einen Korridor geht Biliński zu dem jungen Mann in das Zimmer unterm Dach, er sieht ihn liegen, sieht sich selbst in ihm, sieht sich auf dem Bett mit den hohen Beinen, dem Eichenbett unter der eichenvertäfelten Dachschräge, und jemand öffnet die Tür.

Jemand öffnete meine Tür, sagt er, als ich bei meinem Onkel im Haus lag nach dem Krieg. Ein Mann stand im Türrahmen, er war mir fremd wie ein Fremder, obwohl ich die Züge seines Gesichts kannte, wenn sich nicht die Angst davorschob und mit ihr diese Fratze, die immer wiederkam, obwohl er mich bestimmt sehr freundlich anschaute, besorgt. Ich hielt die Augen lieber zu. Ich wollte ihn nicht sehen, und er sollte nicht sehen, dass ich ihn wegwünschte, weit weg. Obwohl ich so froh war, dass er da war.

Sie fragt nicht nach der Angst. Nichts fragt sie. Er stockt, es ist dunkel, dann spürt er wieder, was die Bilder bewegt, das Erzählen bewegt und sagt: Ich hatte geweint, ich hatte mich in den verlorensten Löchern herumgedrückt in Gedanken. Mili, Vater, Mutter, und Izy. Izy und Paula. Ich hatte nichts mehr von zu Hause außer dem Halsband von Izy. Gar nichts. Ich hatte nichts mehr von Paula. Ich wünschte nichts, außer dass Paula käme und mich zurückholte.

Janek? Sagte der Mann. So wie er meinen Namen

aussprach, hatte ihn zuletzt nur Wiechek gesprochen. Vertraut klang das, so vertraut. Trotzdem hörte ich: Bürschchen, hörte ich eine andere Stimme hinter der Stani-Stimme, eine schlimme, gefährliche Stimme: Bürschchen, hab ich dich. Sie strich mir über den Körper, die Arme hinunter, die Beine hinauf, packte mich am Kragen, schnürte mir die Kehle zu, stellte mir die Haare an Armen und Beinen auf.

Hinter geschlossenen Lidern wandern zarte Punkte wie Staubkörnchen über einen orangefarbenen Hintergrund. Schlieren über dem Augapfel, die kommen und gehen, lösen sich auf.

Janek, du musst etwas essen. Sagte die Stimme. Kartoffelsuppe, möchtest du? Das R rollte wie ein Rohrstock.

Es ist dein Onkel. Sagte ich zu mir.

Er soll raus aus dem Zimmer. Dachte ich.

Die Suppe roch gut, Liebstöckel war darin, so roch Muttersuppe. So roch ein Köder. Der sollte mich in Ruhe lassen. Ich wollte allein sein, wollte an Paula denken. Und hatte Angst vor dem Sterben. Ich hörte ihn einen Schritt machen, ich spürte seinen Blick auf dem Bett haften, ich spürte Blicke wie Schüsse, wie Stiche in empfindliche Körperstellen. Wenn ich die Augen öffnete, könnte ich Schlimmes sehen, der schwitzende Franke, wie der wiedergekommen war. Ich rollte mich auf den Bauch. Ich hörte ihn atmen, ruhig, gleichmäßig, ich hastete durch meine Gedanken: Das ist dein Onkel!

Warum bist du dir eigentlich so sicher?

Weil er alles von Mutter weiß. Das ist ein Beweis.

Wenn er sich tarnt! Wenn er auch einer von denen ist?

Warum rollte er das R? Warum muss ich in der Mansarde schlafen?

Das ist ein Verlies, ein Gefängnis; wenn er die Tür abschließt, kann ich nur noch hinabspringen auf die Steinterrasse. Das Haus ist hoch.

Ich führte Gespräche mit dem Misstrauen.

Junge, du musst essen! Sagte der Mann, der mein Onkel sein wollte.

Ich bin nicht hungrig, sagte ich.

Dabei quälte der Hunger mich so sehr, dass ich Brechreiz spürte.

Du isst nicht! Sagte der Mann. Wie oft der das wiederholte!

Ich zog mir das Kissen über den Kopf, die Ohren.

Was sollte ich sagen? Ich esse nicht aus deiner Hand.

Warum eigentlich fällt ihm das jetzt ein. Weil er nicht einschlafen will, weil er Angst hat, dass im Schlaf der Tod kommen könnte? Heute mehr denn je? Warum gerade heute? Man stirbt nicht in Nächten, in denen man es erwartet.

Onkel Stani. Er hat ihn mitgenommen aus Aichhardt. Janek war zu ihm ins Auto gestiegen, mit ihm übers Land gefahren, wieder aus dem Auto gestiegen, die Berge vor der Nase, so nah, dass er dachte, er könnte sich an ihnen reiben. Berge und ein Gewitterhimmel bei der Ankunft in Gschwad, dass ihm hätte angst werden können. Eine schwarze Wand, dahinter versteckte sich die Welt. Im Dunkeln: ein Steinhaus, kein Holzhaus, ein Garten, ein Platz für das Auto, eine Treppe, die hineinführte ins Haus, mit einem Eisengeländer, wie er es aus der Stadt kannte, seiner Kindheitsstadt. Der Onkel im Auto hatte immer wieder versucht mit ihm zu sprechen, ob er gut behandelt worden war in Aichhardt, ob er sich gefürchtet hatte, dass Leo ein netter Mann sei.

Ja. Ja-nein. Ja.

Das Schweigen, er wusste später nicht einmal, ob der Onkel es bemerkt hatte. Gschwad, also. Bei Gewitter. Und wie Agota lachte, als er es ihr erzählte damals: Wie im Film, so muss es im Film sein. Und er nicht lachen konnte. Auch fünfzehn Jahre später nicht. Auch sechzig Jahre später nicht. Man sucht sich dramatisches Wetter doch nicht aus. So war es halt. Hatte er zu Agota gesagt.

Jetzt erzählt er nicht. Er liegt hellwach, die kleine Schwester war wieder hinausgegangen, nach nebenan zum Scheinheiligen. Sie komme wieder.

Das wird dein Zimmer, wenn du möchtest, sagte der Onkel. Da geschah es: Die Hand des Onkels legte sich auf seinen Arm, blieb liegen, blieb zu lange liegen, und drückte sich vertraulich gegen seine Haut. So lange, bis er den Arm weggezogen hatte.

Fühl dich wohl, hatte der Onkel gesagt.

Da wollte er rennen. Das Gesicht des Onkels verschwamm, seine Hand war eine Pranke, seine Stimme, eine, die Dialekt sprach.

Lass mich, wollte er sagen. Wollte heraus aus dem engsten, letzten Winkel des Hauses, hinten oben, einer Mansarde, aus der man nur springen konnte, und dann war man tot. Er wollte am Onkel vorbei. Er wollte dableiben, seine Ruhe haben, drehte sich in den Raum hinein, dem Onkel den Rücken zu: Ein Bett, ein weißer Bezug, eine raue rot-grün melierte Wolldecke, die er gleich mochte, ein Nachttisch mit Schublade, er hatte nichts für die Schublade. Doch, er hatte Izys Halsband, aber das kam unters Kopfkissen. Das Bett, so schmal wie Paulas. Das Bett eine Bettstatt mit zwei geschnitzten Köpfen in den Pfosten, damit sie die Geister vertrieben vielleicht. Er zählte: Genau drei Gegenstände im Zimmer. Man konnte aber das Waschbecken mitzählen, dann wurden es vier: ein Bett, ein Schrank, ein Nachttisch. Ein Nachttisch, ein Schrank, ein Bett, ein Waschbecken. Vier. Vor und zurück, vor und zurück. Hinter ihm stand der Onkel. Gab es einen Schreibtisch? Hinter ihm stand der Onkel, und er hörte ihn atmen, ruhig: Sein Atem ging langsamer als seiner, Janeks, sein Atem wusste, was er tat. Nicht umdrehen. Er fühlte ein Zucken in den Beinen, im Gesicht, der Körper steif wie ein Brett, wie einer, der umfallen konnte und nichts mehr spüren. Ein Waschbecken, ein Bett, ein Schrank, ein Nachttisch. Vier. Der Onkel hatte etwas gesagt. Was?

Das Fenster war durch vier geteilt, wie bei Leo im Haus. Vier. Er suchte. Im Raum war nichts, woran sich sein Auge festhalten konnte, nichts weiter, was messbar war in Zahlen. Nur der Onkel. Eins, zwei, drei, vier, fünf, sechs, sieben, acht, er ging nicht hinaus, neun, zehn, er bewegte sich genauso wenig, wie Janek es tat. Still, wie verwurzelt standen sie im Zimmer, und Janek zählte, sechsundzwanzig, als der Atem des Onkels von dessen Stimme verschluckt wurde:

Ist alles in Ordnung, mein Junge? Dann lass ich dich allein.

Ein Handtuch hing neben dem Waschbecken. Ein kleines Tüchlein auch, wozu das gut war?
Der Atem setzte wieder ein. Eins, zwei, drei, vier.
Ich lass dich allein. Dann kannst du dich frisch machen.
Ein Fuß rührte sich, ein Körper regte sich, ein Fuß setzte sich vor den anderen Fuß. Die Türe bewegte sich lautlos im Scharnier, er spürte die Bewegung. Er hörte, wie die Klinke sich senkte, wie die Tür ins Schloss gezogen wurde; Schritte auf Dielen, Schritte auf der Treppe, nichts mehr, nichts war mehr zu hören. Er drehte sich um. Die Türe hatte einen Schlüssel. Innen. Er stand still. Das Zimmer hatte ein Tischlein, es hatte ihm im Rücken gestanden, man sieht von dort aus, wo man steht, nur die Hälfte der Welt, war ihm eingefallen. Wie Nähmaschinen Tischlein hatten, so gehörte zu diesem Zimmer ein Tischlein und ein Stühlchen: Wie für ein Kind, dachte Janek. Er weinte. Er weinte ja!

Wie er sich waschen sollte, wenn er keine frischen Kleider hatte? Wie er sich so auf dieses reine Bett setzen sollte?

Schritte auf der Treppe. Es passiert nichts, wollte er sagen, er ist doch dein Onkel. Aber sein Körper war schneller ein hartes Brett, als er denken konnte, die Knie zuckten wie halbtot geschlagene Fliegen, er wollte nicht zittern. Schritte auf Dielen. Es klopfte.

Er rührte sich nicht, verharrte wie eine Maus in einer Ecke, wie ein Dieb in seinem Versteck, wie ein sich elend fühlender Verräter im Exil. Es klopfte noch einmal. Dann öffnete sich vorsichtig die Tür. Janek konnte sich nicht bewegen.

Die Onkelstimme, es war die Onkelstimme, die sagte:

Junge, hier ist ein Hemd, und was du sonst noch brauchst für heute, morgen gehen wir für dich etwas zum Anziehen einkaufen.

Janek wollte nicken, wollte sagen: Danke! Wenigstens das. Aber sein Mund öffnete sich stumm, schnappte auf wie ein Fischmaul und schnappte wieder zu. Versuchte es noch einmal und schnappte noch einmal zu. Nur die Lippen machten ein leises Geräusch.

Ich mach uns etwas zu essen, sagte der Onkel.

– – Stille.

Er hob seinen Rucksack auf das Tischlein. Er schnürte den Knoten auf. Die Mütze von Wiechek lag obenauf, die dunkelblaue zerschlissene Mütze. Er legte sie auf den Tisch. Er bewahrte noch eine Hose auf, ein Hemd. Die Kleider aus Polen, die Jacke, die ihm die Mutter geschenkt hatte, mit den Knöpfen, die noch glänzten, wie Perlen. Er fasste nach unten in den Rucksack. Er umfasste es, und immer war das so, wenn er das Halsband in der Hand hielt: Izy war da.

Wenn man aus dem Fenster schaute, sah man in der Ferne Dörfer liegen, mehrere, und Berge, aber nicht die großen, die er vorhin gesehen hatte, flachere, die Reste sein konnten, die der Untergrund von jenen sein konnten, die mehr Richtung Süden standen. Die Alpen. Nichts wusste er. Die Alpen, das war kein Wort, das im geläufig war, bevor er bei Onkel Stani im Auto saß. Er hatte das Halsband unter das Kopfkissen gelegt, das sich schwer und voll anfühlte, wie sollte er auf so einem Ding schlafen? Er setzte sich auf den Boden, schnürte die Stiefel auf. Wenn er die Tür abschloss?

Der tut dir nichts. Er sagte es laut.

Er stand wieder auf, nahm den kleinen Stuhl und schob ihn gegen die Tür, stellte ihn leicht schräg und klemmte die Lehne unter die Klinke. Dann zog er die Schuhe aus, und den Rest auch. Das Tüchlein, das kleine, das nahm er, um sich zu waschen. Es war aus rauem Stoff und kariert, fast so wie die Tischdecken, die er viel später im einen oder anderen Wirtshaus sah. Etwas verändert vielleicht, aber so, dass er immer an die Tüchlein dachte, mit denen er sich gewaschen hatte in der Zeit bei Onkel Stani.

Er wusch sich und zog das Hemd an, das war ein bisschen eng an den Schultern und den Armen und kurz war es auch, und die Hose war zu weit, aber der Onkel hatte einen Gürtel dagelassen, den zog er so eng, dass er sich gut zugeschnürt fühlte. Er stand im Zimmer, es gab nichts, was ihm gehörte. Er stand im Zimmer, ein wenig wie betäubt, und schlüpfte in den neuen Kleidern unter die Decke, weil er nicht wusste, was er tun sollte, und weil er nur an Paula denken konnte, und nicht einmal an Izy.

Wie viele Wochen das gebraucht hatte, bis er wusste, Onkel Stani würde ihm nicht zu nahe kommen; bis er es glaubte! Bis er aufhörte zu denken: Schwuler Bock. Schimpfwort von Wiechek. Dass er sich nicht wusch, ohne den Stuhl unter die Klinke zu klemmen, hörte nie auf. Da konnte er sich noch so gut zureden.

Die kleine Schwester bleibt so lange beim Scheinheiligen. Warum eigentlich? Sie soll kommen! Er will aber nicht klingeln. Was hat der Scheinheilige denn zu erzählen? Der lag doch im Koma, oder? Wie nennt sie ihn,

Biliński, wenn er nicht dabei ist? Das muss er sie fragen. Er klagt nicht. Alte jammern immer. Agota hat auch nicht gejammert. Nie. So zäh war Agota. Aber sie war auch nicht alt.

Er hatte der kleinen Schwester doch den Kummer mit Paula erzählen wollen.

Sie zieht die Luft ein, eins, stößt sie aus, langsam, gleichmäßig, saugt wieder neue Luft an, leiser – zwei –, atmet aus, hält inne, atmet ein, drei, aus – ein, vier, aus – ein, bis neunzehn. Die Atemzüge der kleinen Schwester hinken den seinen hinterher.

Vielleicht wünschte ich bei Onkel Stani in der Mansarde ja auch, dass der Tod zu mir kommt, weil er mich so lange verschont hat, niemand anderen, nur mich. Vater tot, Mutter tot, Mili. Izy. Es wäre nur gerecht gewesen, wenn ich auch gestorben wäre.

Es war doch nicht Ihre Schuld.

Was?

Dass Ihre Familie starb.

Er zuckt mit den Schultern. Er weiß dazu immer noch nichts zu sagen. »Nein«, müsste er sagen, weil er weiß, es ist so. »Doch«, möchte er sagen, weil er immer noch den sechzehnjährigen Jungen fühlt, der sich quält, weil er sich hat erwischen lassen. Hätte er sich nicht erwischen lassen, hätte er die Mutter und Mili beschützen können. »Unsinn« hatte Agota dazu so oft sagen können, wie sie wollte.

Dass Sie lebten. Sagt die kleine Schwester. Dass Sie noch leben, ist nicht Ihre Schuld.

Er lacht. Paradox klingt das.

Der Schlaf ist der Tod, dachte ich in der Mansarde. Ich begann zu lesen, als Onkel Stani mir ein Buch hinlegte. Aus Misstrauen wollte ich zuerst nicht. Bücher von Stani waren wie Suppe von Stani, wie Kleider von Stani. Ich nahm das Nötigste und verweigerte das meiste. Wochenlang. Lesen schützte, vor dem Tod, vor schlechten Gedanken, vor dem Schlaf, vor schlimmen Träumen, vor Onkel Stani. Schließlich nahm ich irgendeines der Bücher, las laut, und noch einmal, bis es schön klang, bis es gut klang, bis ich ungefähr verstand, was ich las. Ich las lange, ohne dass mich, was ich las, berührte, las gegen den Schlaf an, überlas ihn hartnäckig, bis der Schlaf siegte. Dann kamen die Träume wieder. Ich betrat ein Haus und merkte plötzlich, ich gehe auf einer rauen Zunge, ich schaue nach oben, ich sehe die Gaumenstaffeln, ich sehe Licht zwischen den Gaumenstaffeln, ich sehe ein Haus ohne Kopf, und Paula steht mit Leo draußen, sie sehen mich, es ist gefährlich, ich rufe, ich sehe plötzlich rohes Fleisch, wie es herabhängt. Izy, Izy ist das. Ich lernte Deutsch beim Lesen. Ich lernte, dass man seine Angst in einer Geschichte lassen konnte. Ich las laut, weil ich mich hören wollte, damit ich wusste, ich bin noch da, ich bin nicht tot. Damit es besser wurde mit der Angst. Atmen reichte nicht. Manchmal musste ich sogar mein Handgelenk nehmen, den Puls fühlen. Schwach schien er mir: Der Tod stand bereit. Ich betete das Vaterunser, obwohl es Gott nicht mehr gab. Für mich. Wer redet, lebt. Paula war so gläubig gewesen, das ganze Dorf, nahezu ganz Aichhardt war so gewesen, aber trotzdem nicht menschenfreundlich. Nur Leo, der Alte, war es.

Warum erlaubt ein Gott so menschenverachtende Dinge, so viel Bösartigkeit, Grausamkeit, habe ich Paula immer wieder gefragt. Die klassische Frage für einen Zwanzigjährigen.

Was hat sie gesagt? Die kleine Schwester fragt es zu laut, sagt es so, dass er hört, sie will Paula verstehen oder etwas gegen sie in der Hand haben. Ihr Urteil ist noch nicht gefallen, hört er.

Sie hat nichts dazu gesagt, sie hat zu den meisten Dingen nichts gesagt.

Warum haben Sie sie dann geliebt?

Man liebt Menschen doch nicht, weil sie sprechen. Nicht nur.

Aber auch. Sagt die kleine Schwester.

Er kennt die Antwort nicht. Er kann sagen, was er an Agota geliebt hat, er kann dreißig Jahre Revue passieren lassen und sagen: Sie funkelte. Sie war hellwach und klug, störrisch manchmal und zweiflerisch und anspruchsvoll, aber herzlich und weich; manchmal zu weich, zu empfindlich, zu durchlässig. Und dann anstrengend. Am meisten für sich selbst. Für ihn, Biliński, aber auch. Aber er liebte sie, genau so.

Wer Paula war, weiß ich nicht.

Die kleine Schwester nickt.

Wissen Sie, was Grausamkeit ist?

Ihre Augen werden dunkel, war das die falsche Frage?, er sieht, sie wird wütend, er will einlenken, sagt: Haben Sie jemals richtige Grausamkeit erlebt.

Glauben Sie, Sie haben die Grausamkeit gepachtet? Sagt sie. Wissen Sie, wo wir hier sind? Wo ich hier arbeite?

Er schüttelt den Kopf. Das meine ich nicht.

Ich meine das aber! Was glauben Sie eigentlich, was hier für Menschen sterben müssen, wie schnell. Sie reißt sich den Haargummi vom Pferdeschwanz, schüttelt ihre Mähne.

Wie ein nasser Hund, denkt er.

Aber ich …, sagt Biliński. Und unterbricht sich auch.

Ich versteh das, sagt er.

Sie verstehen das nicht. Sagt die kleine Schwester. Sie können das nicht verstehen. Ich versteh das ja auch nicht, was damals los war, ich versteh Ihre Paula, vielleicht versteh ich sie, so wie Sie sind. Grausamkeit, jetzt wissen Sie es, die gibt es auch hier, jeden Tag, sagt sie. Jeden Tag.

Der Gummi schnalzt.

Mist! Sie schaut auf das Haargummistück zwischen ihren Händen. Entschuldigung, nein, ich entschuldige mich jetzt nicht. – Sie sind ein Besserwisser!

Er muss lächeln.

Die Grausamkeit kam mit der Angst des Vaters in sein Leben, zeigte sich in Izys gebrochenem Rückgrat, Milis Schweigen, dem Kopf des Vaters unter der Hand des Soldaten, des Vaters Verschwinden, darin, dass die Mutter eine gute Mutter sein wollte, obwohl sie dabei war, alles zu verlieren. Grausamkeit war kein Wort, das er aus seiner Muttersprache kannte, und keines aus seiner Vatersprache. Sie schwiegen über die Grausamkeit, als sie bei ihnen zu Hause angekommen war, sie redeten schön, was noch blieb. Das Haus, die Kartoffeln im Keller, dass die Zeit besser würde, dass sie nicht alleine waren. Dass so erwachsen werden ging. Dass es Izy gut hat im Hundehimmel, redete er sich selbst ein, und der Vater stark genug wäre, um wiederzukommen, zäh die Mutter und Mili. Sie logen sich die Hoffnung ins Haus und beteten den Gott herbei, der ihnen das Leben doch bis dahin schön gemacht hatte. Er kam aber nicht. Erst mit Paula hat Biliński verstanden, dass Beten so sinnlos war wie die Vorstellung, er könnte Paulas Liebe herbeilieben.

Hören Sie mir wieder zu?
Ich höre Ihnen immer zu.
Sie machen an Ihren Haaren herum.
Weil der Haargummi kaputt ist.

Er hat sie zwei Mal gesehen. Einmal mit kurzen Haaren, mit kurzen toupierten Haaren, Hannah, und das andere Mal mit dieser noch viel französischeren Frisur, mit diesem wippenden Pferdeschwanz, weit oben angesetzt, der bei jedem Schritt wippt. Bei jedem. Er kann das Bild aber jetzt nicht finden, Paula schiebt sich davor, immer wieder sie, mit den Haaren zum Dutt, mit den wallenden Haaren nachts, die ihr bis zur Hüfte reichten und ihn umfingen wie ein Schleier.

Und? Fragt die kleine Schwester.
Glauben Sie an Gott?
Ja.
Warum?
Weil ich das hier sonst nicht machen könnte.

Soll er widersprechen? Soll er ihr sagen, dass das kompletter Unsinn ist? Dass es vollkommen ausreichen könnte, zu denken, das gehört zum Leben dazu, das Kranksein, das Sterben, alles. Und dass es Menschen gibt, die besser davonkommen als andere. Dass das nichts, aber auch gar nichts mit Gott zu tun hat.

Na gut, sagt er. Habe ich auch mal. Da habe ich zu Paula gesagt, dein Gott verhindert, dass wir uns lieben dürfen.

Und Paula: Wir dürfen uns doch lieben!

Nein, sagte ich.

Doch! Nur keiner darf es wissen. Sagte Paula.

Dein Gott ist ein Heuchler! Antwortete ich.

Und dann, als plötzlich alles anders wurde, die Amerikaner dastanden und Ordnung schaffen wollten: Deutschland den Deutschen, alle Ausländer wieder raus, sagte ich zu ihr, dass ich nicht zurückmöchte, außerdem dürften wir uns jetzt doch lieben.

Es ist noch zu früh. Sagte Paula.

Es ist bald zu spät. Habe ich gesagt.

Dann wissen doch alle, dass wir seit Jahren –, sagte Paula.

Das ist doch nun egal.

Nein! Sagte Paula und zog sich zurück.

Es ist bald zu spät, habe ich ihr gesagt, und sie tat nichts. Ich bleibe bei dir. Habe ich gesagt. Und auch wenn es dich nicht gäbe, ich will nicht zurück nach Polen, da ist niemand mehr. Was soll ich dort?

Und wovon willst du leben? Hat Paula gefragt.

Ich wusste es nicht. Unterricht, dachte ich, wie zu Hause. Ich war gut in der Schule. Lehrer werden, dachte ich.

Leo sagte, das kostet Geld. Ausbildung kostet Geld. Du musst in die Schule.

Rückdeportation. Rücktransport, sagte Breuer. Das

war der Ortsvorsteher. Du kannst aber auch heiraten, sagte Breuer und lachte höhnisch, zwinkerte mit dem linken Auge unter der buschigen rotbraunen Braue, winkte und ging weg.

Ich war der einzige noch verbliebene Zwangsarbeiter im Dorf gewesen. Kolja, der als Ersatz für Wiechek gekommen war, war schon weg, zurück in der Heimat, und Wiechek war tot.

Am nächsten Tag bin ich zu Breuer in die Amtsstube gerannt. Haben Sie denn keine Arbeit für mich? Fragte ich ihn.

Biliński! Du siehst doch, es gibt nichts zu tun.

Ich mache alles. Jeden Dreck.

Agota, als er ihr davon erzählt hatte, schimpfte, du hast dich verkaufen wollen.

In Polen, da habt ihr jetzt jede Menge zu tun. Sagte Breuer. Und Häuser und Land. Was willst du denn hier? Das ist nicht so schlecht mit der Repatriierung.

Was? Fragt die kleine Schwester.

Er muss schmunzeln. Das hat Agota auch gefragt, sagt er. Rückführung war damit gemeint, in die Heimatländer.

Was will ich denn dort? Habe ich zu Breuer gesagt, ich habe da niemanden mehr. Außerdem sind da jetzt die Russen, das wissen doch alle, das wissen Sie auch.

Bist ja selbst ein halber. Hat Breuer gesagt.

Und da musste ich ihn sehr erschrocken angeschaut haben.

Es tut mir leid, Junge. Hat er gesagt. Junge!

Es tat ihm nicht leid, sicher nicht. Deutschland den Deutschen. So einer war das. Der Polack sollte hier weg, und lieber machte Breuer mich zum Russen, als zu akzeptieren, dass ich nur ein halber Pole war.

Du mit deiner Bärenkraft, Biliński, du bist keiner für die Amtsstube.

Dass ich Aufräumarbeiten machen könne.

Aufräumarbeiten! Siehst du irgendwo etwas?

Es war aussichtslos gewesen. Überall hätte es zu tun gegeben. Geh zurück! Geh hin, wo du herkommst!

Schwein, elendes Dreckschwein. Mit verschlossenem Mund schluckte ich die Wörter hinab, drehte mich um und rannte, hechtete die Treppe hinunter, hinaus auf die Straße. Leo stand im Hof, als ich zurückkam.

Ich will nicht zurück!

Das versteh ich, Bub! Aber was soll aus dir werden?

Niemand war so in Ordnung gewesen wie der Alte.

Ich würde dich jederzeit hierbehalten, aber aus dir muss was werden, aus einem wie dir! Die warme Hand auf seiner Schulter, der aufmunternde Druck.

So war Leo. Wenn ich in eines der DP-Lager ginge, bekäme ich Essen und Geld. Hat Leo gesagt. Und einen Rücktransport.

Wissen Sie, was DP-Lager waren?

Nein.

Er sagt jetzt nicht wieder: Warum fragen Sie dann nicht?

Er sagt: Displaced Persons. Lager für die Ausländer, die nach Deutschland gebracht worden waren während des Krieges, die also am falschen Platz waren.

Sie nickt.

So wie Paula sahen das viele. Sagt er. Aber dass es gerade Paula war, die das zu mir sagte! Wir bekommen doch kein Geld mehr für dich, sagte sie. Und: Wir haben doch selbst fast nichts.

Die kleine Schwester antwortet nicht.

Schließlich bettelte ich, flehte ich: Wir könnten heiraten, das geht nun doch. Ich gebe Unterricht. Ich kann das.

Er erzählt das nicht zu Ende:

Wem gibst du Unterricht? Hier ist doch niemand, der das braucht! Paulas milde lächelndes Gesicht, ihr Körper, der sich aus dem Nachhemd wand im schmalen Bett, sich ihm entgegenbog, seine Hände auf ihre Hüften legte, in den Schoß, auf ihre feuchte Scham, verlangend, komm!

Und er: Dann bleibe ich!

Und er versuchte sie wieder herbeizulieben, her zu sich, mit all seiner Freude an ihr, mit seiner ganzen Kraft. Er dachte, er konnte das schaffen. Bis Stani kam.

Wenn man einen Menschen durch den Tod verliert, ist das einfacher, als verlassen zu werden? Was ist eine Liebe rückwärts betrachtet noch wert, wenn einer sie verrät? Habe ich mich so täuschen können in dem, was ich spürte? Solche Fragen fingen mich an zu quälen, als ich bei Onkel Stani in der Mansarde lag. So zweifelnd, so hadernd habe ich bei Onkel Stani gelegen, wochenlang, und meine Augen kannten jede Latte. In der dritten Latte auf der Dachschräge befanden sich fünf Astlöcher und sie war an sieben Stellen gespalten, schmale Schlitze. Im Schuppen mit Wiechek hätte ich das Licht durch solche Ritzen hindurch scheinen sehen, bei Mond und in der frühen Dämmerung. Hinter dem Holz unter Onkel Stanis

Dach spürte ich Dämmschutz, wenn ich die Finger durch die Astlöcher bohrte.

Und weiter? Fragt die kleine Schwester, als er schon drei Mal das Ticken der Uhr gehört hat.

Nichts weiter.

Sie haben Sie nie mehr gesehen?

Doch!

Irgendwann wäre es so weit, hat er immer gedacht, sie stünde vor ihm und würde ihn erkennen. Er ist müde. Das Erinnern fällt ihm nun immer schwerer, das Bild ihrer Mädchengestalt fliegt nicht so leicht herbei, nicht einmal dieser eine Moment, den er seit über vierzig Jahren mit sich herumträgt. Er muss die Augen schließen, geduldig sein, warten, nichts tun, als auf diesen Moment zu warten und an sie zu denken. Und an die Stadt, die nie seine Stadt geworden war; sich hindenken. Immer näher heran. Da bewegt sie sich die Treppe hinab, jung, störrisch, knochig eigentlich, und wäre ihm nicht immer klar gewesen, wer sie ist, hätte er sich wahrscheinlich in sie verliebt. Auch so. Auch so ist es ihm, als sei er eine Weile wirklich in sie verliebt gewesen. Am unteren Treppenabsatz hatte ein junger Mann auf sie gewartet. Sie hüpfte zwei Stufen herunter und ihr Haar hüpfte mit. Nicht ihr Gesicht. Und er, Janek Biliński, stand auf der anderen Straßenseite, stand und starrte, sah den wippenden Pferdeschwanz des Mädchens, das er damals kurzhaarig und etwas toupiert gesehen hatte mit Paula in der Stadt. Sah diese junge Frau in den hellroten Pumps, das Leuchten in ihren Augen, und das Strahlen im Gesicht des jungen Mannes in Anzug und Krawatte: wusste nicht, dass der, der da stand, um sie abzuholen, bereits ihr Mann war. Hatte Eifersucht gespürt, wie es sich nur für einen verschmähten Liebhaber gehörte. Auch wenn sein Anliegen ein anderes gewesen war. Auch wenn er nicht gewusst hatte, dort auf der anderen Straßenseite stehend und immer wieder verschämt in seine Geldbörse schauend, als suchte er Münzen für die Parkuhr, auch wenn er da nicht ahnen konnte, dass er nie wieder den Mut fassen würde, sich in ihre Nähe zu begeben und sie anzusprechen.

Er will nicht einschlafen. Er nimmt den Wasserbecher und schüttet sich ein paar Tropfen auf die Hand, reibt damit über die Augen, über die Schläfen, aber seine Augenlider fallen schon wieder zu. Wo bleibt die kleine Schwester? Er lässt den Kopf ins Kissen fallen. Er will sie sehen. Noch ein Mal!

Der erfüllte Mensch grübelt nicht. Merkwürdiger Satz. Sein eigener? Wie viel Zeit in seinem Leben hat er an Hannah gedacht, und wie viel Zeit mit keinem Gedanken? Ist die Zeit, die man an eine Person denkt, ein Maßstab für die Intensität der Beziehung zu ihr? Ja.

Fragebögen könnte er gut erfinden.

Die Augen fallen ihm zu. Die Uhr tickt laut. Jede Minute dieses metallene Tock. Dann ist es wieder still und er zählt leise mit. Kommt bis neunundvierzig, als der vorrückende Zeiger ihm zuvorkommt, kommt das nächste Mal bis dreiundfünfzig, strengt sich sehr an, schneller zu werden, und kommt bis vierundfünfzig, spürt, wie er die Zahlen verliert, als fielen sie durch ein löchriges Netz auf einen durchlässigen Untergrund, versucht sie immer noch festzuhalten, sieht das Fließband, legt darauf die Zahlen und sieht den Mantel kommen. Sieht den Mantel, und was noch? Sieht Schuhe auf dem Fließband fahren, ohne Füße, sieht Kleidungsstücke wie Knäuel darauf, und Tiergeräusche hört er. Es dampft in der Fabrik, nebliges Licht ist das, ein Gewitter ist das, ein Feuer, alles wie eingeräuchert, aber er riecht nichts. Hier kann er niemanden finden. Er geht vorsichtig, sieht Maschinen durch diesige Luft hindurch, sie sind in Bewegung. Seine eigenen Geräusche hört er nicht, nicht seine Schuhe, nicht sein Husten, warum hört er das alles nicht? Er schaltet sein Handy ein, das ist so groß wie ein Regenschirm, und es sieht aus wie ein Regenschirm, aber das ist sein Handy. Bilder blinken auf dem Schirm. Leuchtschrift. Er kann nichts erkennen. Er tippt darauf. Er sagt etwas, was sagt er? Er hört seine eigene Stimme nicht. Er spannt den Regenschirm auf, die Tierstimmen werden lauter, aber da ist kein Mensch in der Halle, niemand zu sehen. Er ruft. Ohne Laut. Die Luft schluckt seine Stimme, die dichte schwere Luft.

Hannah, ruft er. Das weiß er doch. Er sieht seinen Mund vor sich, sein Mund formt »Hannah«! Offen, geschlossen, offen.

Aber nichts ist zu hören außer Tierstimmen, das weiß er sicher, dass das Tierstimmen sind. Das Fließband rast voran, er sitzt auf dem Fließband und vorne, ganz weit vorne wird es gefährlich. Der Abgrund kommt, wenn das Fließband so beschleunigt, dann fällt er vom Band, wie diese Gegenstände vom Band fallen, dort vorne, wo das Licht ist. Er sieht das Licht gut, hellere Luft, klare Luft, es geht ins Freie, das ist das Nichts, er will nicht ins Freie, er will aufstehen! Er will herunter von dieser Straße! Die Geschwindigkeit nimmt zu, er kann sich nicht loslassen und nicht richtig festhalten. Die Luft wird kälter, das helle graue Loch: Dort ist draußen, es kommt näher, vor ihm liegt nur noch dieser Fuchsschwanz, er bewegt sich, er kommt auf ihn zu, er fällt: Hannah! Er hört seine krächzende Stimme beim Aufwachen, oder weckt ihn sein Rufen?

Niemand ist im Zimmer. Draußen dämmert es bereits, und wenn er jetzt klingelt, kommt Hannah. Er weiß es. Er wartet, seine Hand sucht nach der Klingel, da ist aber keine Klingel, da ist nichts. Öffne die Augen, denkt er, oder sagt er das, er sagt es, er sucht die Klingel, er greift in die Luft, in das glatte Laken.

Herr Biliński! Herr Biliński! Ich bin da.

Eine Hand liegt auf seinem Arm. Es kommt ihm vor, als müsse er die Augenlider aufstemmen.

Kleine Schwester, sagt er. Und hört ihr erstauntes Auflachen noch.

Der Arm schmerzt an der Stelle, an der die Kanüle für die Infusion liegt.

Die Kanüle drückt, sagt er. Er schiebt sein langärmliges Feinripphemd nach oben, streckt den Arm vor ihr aus, blaue Flüsse, schmale und ein wenig breitere Bäche ziehen sich von der Einstichstelle bis ins Handgelenk, verzweigen sich, und andere laufen den Oberarm hinauf, hinein in sein weißes T-Shirt. So dünn ist die altersbraune Haut, dass alles, sogar die Länge der Nadel, jede Pore, jedes Mal, jeder Altersfleck und darunter jede noch so kleine

Ader, alles, was zwischen Haut und Fleisch liegt, zu sehen ist. In der Armbeuge hat sich um die Nadel herum ein dunkelblauer See gebildet.

Kleine Schwester nennen Sie mich?

Er möchte keine Antwort geben.

Wir müssen die Kanüle umlegen. Sagt die kleine Schwester. Aber die Hände wollen Sie frei haben, das wird nicht einfach werden, eine Stelle zu finden, die nicht schmerzt.

Sie schaut ihn nicht an, dennoch sieht er alles in ihrem Gesicht, Mitleid und Wärme, aber auch ein ihn erstaunendes Befremden. Worüber? Sieht man in seiner Armbeuge den Tod kommen?

Hannahs Mann, das ist der Sohn vom Tiermehlfabrikanten. Das weiß er schon lange. Arnold Demuth. Hannah Demuth. Er kennt sogar die Telefonnummer.

Hannah, sagt die kleine Schwester. Wer ist das?

Sie ist wie Sie, jedenfalls denke ich das, sagt er. Sie hätte mein Kind sein können, sagt er, und dann, als hätte sich dieser Gedanke ganz neu zusammengebraut:

Immer müsste man alles so übereinandergelagert sehen, das Leben in durchsichtigen Scheiben, die ganzen Schichten von Erfahrung und Erlebnis und Empfinden, die Bilder und die Körper des Lebens, die eigenen und die fremden, die aus der Wirklichkeit und die aus den Träumen, die Landschaften und Witterungen aller Jahreszeiten, das Glück und das Unglück, die Freude und die Angst, Hoffnung, Sehnsucht und die Erfüllung, alles immer gleichzeitig. Und die Schmerzen und die Erlösung davon. Sagt er zur kleinen Schwester.

Es ist das Ende der Dämmerung. Der Tag kommt gleich. Er beobachtet das Licht seit Monaten, jeden Morgen, die Farben im Zimmer, der Zimmerhimmel, wie er unter dem Aufgehen der Sonne zu leuchten beginnt, dann sieht das Gelb ganz natürlich aus. Das gelbliche Licht am Ende des Bettes, als bekämen seine Füße einen Heiligenschein. Das bläuliche auf dem Linoleum des Fußbodens. In zwei Stunden kommt die Ablösung, kommt der Tagdienst. Er hat die schlimmen Stunden heute verschlafen, und als er aufgewacht ist, war die kleine Schwester noch immer da, wie ein Fixstern sind Sie, hat er gesagt.

Dann war es lange still.

Paula, sagt er, und wenn sie nun aufschnaufte, weil sie den Namen nicht mehr hören will, dann würde er sich nicht wundern.

Aber sie sagt nichts.

Geduldig ist sie, weil ich ein alter Mann bin, weil ich sterbe, das ist ihre Aufgabe, dafür wird sie bezahlt, dass sie auffängt, was noch abfällt, bevor einer geht. Aufsaugen, wegputzen, abwaschen.

Ich langweile Sie bestimmt. Sagt er.

Sie schweigt.

Ich langweile Sie zu Tode mit meinen Geschichten. Sagt er und schaut sie nicht an. Er spürt eine Bewegung neben sich.

Ich brauche Sie! Sagt er. Das stimmt wirklich.

Weil Sie sonst Schmerzen haben, sagt die kleine Schwester.

Nein.

Doch.

Ja. Nein. Er spürt seine Ungeduld. Sie wollen nicht verstehen!

Ich verstehe schon!

Warum sind Sie auf einmal so störrisch?

Weil Sie mich zu etwas zwingen wollen.

Nein.

Dass ich sage: Sie langweilen mich nicht.

Er schüttelt den Kopf ins Kissen. Nein. Ja. Aber bitte, Marita, wirklich!

Ich bin gespannt. Die kleine Schwester setzt sich aufrechter. Er spürt es, er hört es. Er weiß, dass er nun nicht noch eine Kurve drehen kann.

Er hört die Uhr ticken. Und er hört seine Rolex ticken. Oder? Hört man meine Uhr?

Sie lacht.

Tickt meine Uhr so laut?

Ja, sagt die kleine Schwester, sie lacht noch immer. Wenn Sie es genau wissen wollen, ja.

Das war kein Witz! Sagt Biliński.

Sie gluckst, dann ist es still.

Er könnte nun schmollen. Wie bei Agota. Er könnte sich in seinen Kopf zurückziehen und sich hundertmal vor sich selbst rechtfertigen in Gedanken. Er könnte niemanden mehr brauchen müssen. Lass die Schmollerei. Agotasatz. Und sag, was los ist!

Sie langweilen mich tatsächlich nicht. Sagt die kleine Schwester.

Er hört sich atmen, drei Mal sehr tief. Dann kann er es sagen: Danke!

Agota hat immer gesagt, melde dich bei ihr. Das ist

wichtig. Sie ist deine Tochter. Je länger du das vor dir herschiebst, desto mühsamer wird es. Er stockt. Er wartet. Wenn er die Bilder vor seinem inneren Auge sieht, kann er es erzählen. Sie sind jetzt ganz nah, als hätten sie gewartet, abgerufen zu werden, als hätten sie Schlange gestanden.

Bierach. Der Tag auf dem Markt. Als er noch einmal hinfahren wollte. Nicht zu nahe an Aichhardt heran, aber in die Nähe. Er hat gar nicht ganz nahe heranfahren müssen.

Paula, setzt er noch einmal an, unterbricht sich. Ich, sagt er. Ich war doch als Zwangsarbeiter in Aichhardt.

Ja. Sagt die kleine Schwester. Ich weiß.

Bierach ist die nächste Stadt.

Ja.

Ich war siebenunddreißig Jahre alt vielleicht, da wollte ich noch einmal dorthin fahren, wollte sehen, was ich noch erkenne in der Umgebung, die Landschaft, die Häuser, ich wollte mir ein Bild machen. Ich empfand nichts mehr, wenn ich an Paula dachte, Dankbarkeit, wenn ich mich an Leo erinnerte und das Dorf, Schuld noch immer bei jedem Gedanken an Wiechek. Ich war Architekt, lebte seit dem Studium, das mir mein Onkel finanziert hat, hier in der Stadt, nicht weit entfernt von Onkel Stani, den nichts wegbrachte vom Land, auch nicht als er alt war. Agota hatte ich gerade kennengelernt, ein wirklich neues Leben begann, sie war meine erste Liebe seit Paula, so lange hat es gedauert, bis ich mehr konnte, als nur mit einer Frau zu schlafen. Das hab ich Ihnen längst alles erzählt, sagt er.

Markttag war in Bierach, sagt er. Die Martinskirche steht direkt am Marktplatz, ich war nie dort gewesen, wir durften das Dorf nicht verlassen, erst später habe ich Bilder gesehen, von der Stadt. Bierach! Ich wollte mich annähern an Aichhardt. Zuerst die Stadt anschauen, dann hinausfahren, die paar Kilometer.

Er spürt, wie seine Hand die wegwerfende Bewegung macht, mit der er auch damals losgefahren war, ein Katzensprung war das von Bierach nach Aichhardt, und doch kam ihm ein Besuch in der Stadt ungefährlich vor. Er sieht sich wieder aus der Kirche herauskommen, hinter dem Marktstand hervortreten, an dem Bratwürste verkauft wurden, sieht sich die Bratwurst von der hohen Theke wegnehmen, sein Frühstück, und seine Bewegung zur vollen Straße hin.

Er sagt: Ich kaufte eine Bratwurst an einem Marktstand. Ich drehte mich aus dem Bratwurstdampf heraus, und noch beim Umwenden sah ich meine Augen, ich schaute in meine Augen! Ich sah hin, ich sah weg. Und sah beim Wegschauen in ein Gesicht, das mir vollkommen vertraut war. Paula. Ich wollte ihren Namen aussprechen, Paula sagen, weil er aufblitzte in mir, wie ein aus dem Wasser springender Fisch, aber ihr Blick wurde augenblicklich so hart, so düster, so dunkel, dass ich schlucken musste, dass ich sie nicht länger anschauen konnte. Und dabei blickte ich wieder in Augen, die meine waren. Wie meine. Meine. Ein Mädchengesicht, sagt er. Ein sehr schönes Mädchengesicht, Lippen, schmal, nicht dünn, Paulas Lippen, nur mit einer Wölbung nach außen, oben und unten, ein Kussmund, ein wenig. Ich konnte keinen

Bissen schlucken. Ich konnte nichts sagen, nur auf dieses Mädchen schauen, das ihren Blick auf den Wurstverkäufer gerichtet hatte, und bestellte: Eine nackete Bratwurst, bitte. Auf Schwäbisch.

Ich habe keine Ahnung, was in mir vorging. Ich sah etwas, was ich mir nicht erklären konnte. Ich war zu langsam. Wörter gab es nicht. Nur die Stimmen des Marktes, der Verkäufer und Besucher, und laut darüber das Gackern der Hühner in den niedrigen Gattern, der Gänse, der kleinen piepsenden Enten, der Stubenküken, des ganzen geschwätzigen Geflügeltiers, und unsere stummen Körper dazwischen, zwei sprachlose erschrockene Zweibeiner. Ich sah, wie das Mädchen die Wurst in der Semmel in die Hand nahm, blies, blies, und hineinbiss, als sei nichts, ich sah Paula, wie sie das Mädchen energisch beim Arm nahm, sich umdrehte, wortlos, und wegging. Das sah ich. Und blieb stumm. Ich tat nichts, rannte nicht, biss nicht in die Wurst, biss dann wahrscheinlich doch hinein, aß, dachte nach, grübelte, als sei die Sache schwer zu verstehen. Er lacht auf. Ich weiß nicht, ob ich Wut spürte, später ja, aber in diesem Augenblick nicht, ich weiß nicht, wie lange ich brauchte, um mich von der Stelle zu bewegen, vielleicht bewegte ich mich auch sofort irgendwohin. Nur dass sich irgendwann ein Spalt auftat in meinem Gehirn, durch den die Wirklichkeit hineinrieselte wie feiner Sand während eines Sturms, der noch anhielt: Das war Paula. Mit einem Mädchen, das solche Augen hat wie ich. Das war Paula mit ihrer Tochter. Das war Paula mit ihrer Tochter, die meine Augen hat. Das war Paula mit meiner Tochter. Mit unserer Tochter. Und dann: Ich habe ein Kind! Ich habe ein Kind mit Paula. Ich rechnete. Siebzehn muss das Mädchen sein. Siebzehn Jahre alt. Wann das Rieseln nachließ? Als ich bei Agota ankam vielleicht, zu Hause?

Was? Sie sind nicht dorthin gefahren, nach Aichhardt?

Er hört die Empörung in der Stimme der kleinen Schwester.

Nein. Nein, ich weiß nicht, wie lange ich noch durch Bierach spazierte, oder rannte, oder schlich, oder ob ich noch irgendwo saß, aber mit keinem Gedanken dachte ich daran, nach Aichhardt zu fahren. Das kommt mir selbst immer noch merkwürdig vor. Ich brauchte Tage, bis ich glaubte, was ich gesehen hatte. Ich sah sie vor mir: Paula stämmig, drall sogar, und eng verpackt in ein dunkles Kostüm auf dem Markt, die Haare zum Dutt, noch immer wie zwanzig, wie siebzehn Jahre zuvor. Grau geworden, faltiger geworden, aber sonst unverändert Paula. Ihre grüngrauen Augen scharf auf mich gerichtet, als wollte sie mich blenden oder in den Boden stechen, so feindselig, dass sich mein Mund und Verstand verschlossen und ich nichts von dem aussprach, was mich in diesem Augenblick bewegte. Ich stand mit einer dumpfen Stille in den Ohren, die einem Sirren wich, einer schwer zu ertragenden sirrenden Stille, Wörter wanderten durch sie hindurch, die nicht haltmachten, dort, wo es nötig gewesen wäre. Ich erlebte die Unmöglichkeit, zu sprechen. Untrennbar sind Wahrnehmen und Verstehen in der Erinnerung, da wird alles eins. Aber in der Wirklichkeit nicht. Ich sah, ich spürte, aber bevor ich verstand, war alles schon vorbei. Ob das Mädchen nicht gesehen hatte, dass ich Augen hatte wie sie? Warum nicht? Sehr spät waren mir diese Fragen eingefallen. Die Schmalheit des Mädchens, ihre hohen Wangenknochen, dieser schöne Mund. Ihre Stille, so eine melancholische Stille. Ich erzählte es Agota. Ich erzählte es Agota unzählige Male. Bis ich wusste, das Mädchen trug eine Bluse mit Blümchen darauf, einen Rock. Nicht ganz kurze toupierte Haare, eine modische Frisur. Keine Landfrisur. Ich hatte Bilder, ich sah eine Wirklichkeit, die mir geschehen war. Ich konnte sie abspielen wie einen Stummfilm.

Du musst etwas tun, sagte Agota.

Ich sagte, was denn?

Du musst da anrufen.

Ich grübelte, zählte die Dielen in meinem Büro beim Auf-und-ab-Gehen, zählte die Astaugen in den Dielen, schritt untätig und stundenlang durch meine Gedanken. Paula wurde dabei gefährlich, hysterisch, bedrohlich, eine Barrikade, die ich nicht überwinden konnte. Nach Wochen wollte ich sie erklimmen, darüberklettern, versuchte herauszufinden, ob es dort ein Telefon gab, ich bezweifelte das. Aber es gab erstaunlicherweise ein Telefon in diesem Haus. Ich kletterte wochenlang auf der Barrikade herum, hinauf, hinab, vorwärts, rückwärts, und traf dabei auf weitere Hindernisse: Leo, lebte der noch? Wusste er davon? Wenn nicht? Blind hätte er sein müssen. Jeder. Hannah: Das Mädchen, was wusste es? Sie muss mich doch erkannt haben, sie hat doch ihre Augen sehen müssen in meinen! Ich wollte Paula sprechen. Sie selbst. Wir saßen, Agota neben mir, auf dem kleinen Ledersofa, und ich wählte diese Nummer, morgens, ich hatte Angst, das

Mädchen an den Apparat zu bekommen, deshalb morgens.

Er sieht Hannah, wie er sie später, das eine Mal, beobachtet hatte. Das strahlende Lächeln eines Mädchens, das ihm so außergewöhnlich vorgekommen war in dieser Stadt. Und dass sie ausgesehen hat wie ein Mädchen aus der Großstadt, und dass der Rock schön aussah an ihr, und die Perlenkette. Wer ihr so eine Perlenkette schenkte? Der Fabrikantensohn, bestimmt. Seine Tochter. Warum er nicht hingegangen war, um sie anzusprechen? Warum, warum? Wie oft er sich das schon gefragt hat. Weil er den Moment nicht stören wollte. Weil er das Mädchen nicht erschrecken wollte. Weil er Paula hasst. Weil er Schuldgefühle hat, trotzdem; dass er Paula alleine gelassen hat. Obwohl sie schwanger war. Aber er hat es doch nicht gewusst. Kann man so etwas ahnen? Außerdem hatte er ja dableiben wollen, bei ihr. Hatte sie es da schon gewusst? Solche Dinge geschahen immer beim letzten Mal.

Und dann, sagt die kleine Schwester: Sie haben angerufen, und dann?

Ich sagte: Paula?

Und sie: Wer ist da?

Ich. Sagte ich.

Schweigen.

Ich, das war bei Paaren immer der eine oder der andere. ICH war ein intimer Begriff. Er verwendete ihn nur mit Agota.

Ich, ja. Ich, habe ich gesagt. Ich, als wären nicht Jahre vergangen seither.

Schweigen im Apparat.

Warum hast du mir das nicht gesagt? Fragte ich.

Was? Paulas Stimme, unverändert.

Das Mädchen. Das ist mein Kind. Oder wie soll ich sie nennen? Die junge Frau? Sie sieht aus wie ich. Sagte ich.

Schweigen.

Herrgott, nun sag endlich etwas!

Es ist MEIN Kind. Paula sprach viel zu laut.

Von mir! Von mir, Janek Biliński, ich weiß es sicher. Und du auch!

Schweigen.

Wie heißt sie?

Das geht dich nichts an.

Paula, bitte, das wenigstens. Bitte. Es ist mein Kind! Dann habe ich doch auch das Recht, ihren Namen zu erfahren!

Schweigen. Nicht einmal ihren Atem konnte ich hören. Nicht einmal das. Nichts.

Paula?

Es kam wie von weit her, als hielte sie den Hörer von sich weg, mich von sich weg: Hannah.

Hannah! Hannah. Ich spürte Freude, Trauer, Wut, und weiß der Teufel was noch, alles auf einmal. Hannah? Ich schrie es fast in den Apparat, in dem nichts war als Stille.

Hannah. Ich hatte keine Ahnung, wie oft ich das hintereinander sagte.

Weiß sie von mir?

Und wieder, nach einer Pause, ganz von fern: Nein.

Paulas Stimme, hart, rau, dunkel und böse, wie ihre Augen auf dem Markt.

Sie wird auch nichts von dir erfahren! Sagte sie laut, aber wie aus einem leeren weiten Flur; das Haus, in dem sie gewohnt hatten, das hatte keinen leeren Flur.

Aber warum nicht? Fragte ich.

Lass uns in Ruhe! Sie schrie es fast.

Paula, bitte!

Lass uns in Ruhe!

Fahr hin, sagte Agota. Fahr unbedingt hin, das musst du tun. Morgen! Sagte Agota.

Hannah. Hannah. Nach Paulas Mutter Hanni. Hannah, musste ich immer wieder denken, sagen.

Es ist deine Tochter, das ist doch nun sicher. Sie hat es ja zugegeben, gewissermaßen. Sagte Agota immer wieder.

Und wenn sie es doch nicht ist? Sagte ich.

Du zweifelst doch nur, damit du nicht handeln musst, antwortete Agota.

Komm, wir machen einen Spaziergang. Wenigstens das hätte er gerne zu Hannah gesagt, wir gehen einmal um den Block, wir gehen vorne den Hang hinauf, oben am Saum der Stadt entlang, durchqueren die Schafswiese, und hinten am Wald setzen wir uns in das Café. Das hätte er gerne einmal mit Hannah gemacht. Aber nichts hatte er getan. Als ob sich die Sprachlosigkeit, die Wortlosigkeit, das Erstaunen, das auch ein Entsetzen war, das unverhinderbare Aufblitzen der ersten Bilder, all der Aufruhr, den er bei der Begegnung mit diesen beiden Frauen erlebte, in seinen Körper eingeschrieben hat und immer wieder erwacht, wenn er sich vorstellt, er stünde wieder vor Paula und dieser jungen Frau, deren Gesicht ihm aus dem Gesicht geschnitten war. War oder ist?

Das sagte er einmal zu Agota: Hannah, das bin doch ich.

Und Agota: Unsinn!

Aber warum haben Sie sich nie bei ihr gemeldet? Er hört die Empörung in der Stimme der kleinen Schwester. Sie hat doch auf etwas gewartet, bestimmt. Sagt sie. Das will man doch wissen, wer der Vater ist. Man macht sich doch Gedanken, man will das doch wissen!

Sie müssen das nicht immerzu wiederholen!

Aber stellen Sie sich das mal vor, sagt die kleine Schwester: Man weiß nicht, von wem man abstammt.

Man, man, man. Sie wissen es doch. Und vielleicht hat Paula ihr ja irgendetwas gesagt.

Sie benutzt die Hände zum Sprechen, das hat er noch nicht gesehen, dass sie das tut. Sie wirft ihre Hände von sich weg: Feige ist das! Sagt sie. Ganz feige! Sie springt auf.

Was würden Sie tun, wenn jemand bei Ihnen anriefe und sagte: Ich bin ihr Vater.

Marita lacht zornig auf. Dann hätte der ein Problem. Ein echtes.

Ach, ein miserabler Vergleich ist das. Biliński lässt den Kopf ins Kissen fallen. Wer weiß, was sie ihr gesagt hat!

Wer?

Paula.

Können Sie auch ganze Sätze?

Sagen. Ergänzt Biliński.

Die kleine Schwester schweigt.

Wer weiß, was Paula ihrer Tochter Hannah über den Vater erzählt hat. Wer ihr Vater ist, meine ich, fügt Biliński hinzu.

Ich muss zum Scheinheiligen. Die kleine Schwester geht zur Tür.

Biliński schnaubt. Das klingt nicht freundlich. Er weiß das.

Herr Biliński, da hilft nichts. Sie steht an der Tür und schaut ihn so streng an, dass er fast lachen muss.

Sie müssen das in die Hand nehmen, fügt sie hinzu, wenn Sie noch etwas herausfinden wollen, müssen Sie auch etwas tun.

Die Tür geht auf und sofort wieder zu.

Er weiß doch alles.

Draußen dämmert es.

Er weiß gar nicht alles.

Er könnte es auch alles sein lassen. Schluss. Wen fände Hannah denn vor?

Einen halbtoten Alten!

Fünfsiebendreiachteins. Die Vorwahl ist auch klar.

Wie oft er eine Zeit lang dort angerufen hat. Morgens. Vom Büro aus. Papiere vollgezeichnet mit Rauten und Ranken und Blüten mit dicken Kugelschreiberknospen, mit hartem Druck, so dass er noch drei Blätter weiter auf dem Block sehen konnte, wohin die Pflanzen gewachsen waren an diesem Tag. Hundskamille. Ferkelkraut! Um HANNAH herum, um sechs bis zur Unleserlichkeit verzierte Großbuchstaben herum, bis er den Hörer nahm und zitterte. Bis er den Hörer wieder ablegte und aufstand, ans Fenster ging, auf die Stadt hinabschaute, auf Menschenköpfe in Hüten, und ohne, und Paare, die sich an der Hand hielten, und Männer in Anzügen mit Männern in Anzügen, und Frauen mit Frauen.

Filziges Herzgespann – Lippenblütengewächs. Wie die Taubnessel ungefähr. Hör auf damit! Sagt er zu sich selbst.

Er ging zurück zum Schreibtisch und wählte die Nummer, die er im Schlaf aufsagen konnte, und wartete und atmete und hörte: Demuth. Und wie sie atmete, ruhig und gleichmäßig, wie Hannah atmete.

Und schließlich fragte: Wer ist denn da?

Und er fühlte sich wie ein ganz elendiger Idiot, wenn er auflegte. Und verstand die Macht dieses Geräts, für das es nicht einmal eine Schnur brauchte, um in dreihundert Kilometer Entfernung jemanden in Not zu bringen; um jemanden denken zu lassen, er werde gequält, er sei gemeint, obwohl es doch um etwas anderes ging. Aber ja, sie war ja gemeint. Morgens um zehn Uhr ist der Gatte bei der Arbeit, und die Kinder, gab es Kinder, wie oft er sich das fragte. Bestimmt gab es Kinder. Und die Kinder in der Schule. Und ja, sie war gemeint, Hannah. Die immer nur Demuth sagte, mit betontem D. Deemuth. So. Und manchmal rief er am nächsten Tag wieder an, und noch einmal am dritten, um dann monatelang nicht mehr daran zu denken, oder jedenfalls diesen alles besetzenden Drang nicht mehr zu spüren, und sich zurückfallen zu lassen ins eigene zufriedene Leben: Er hatte ja alles. Er hatte doch Pius. Und ersetzte der nicht, was er, Janek, mit seiner Tochter nicht erlebt hatte. Er hatte doch ein Kind. Pius war wie sein Kind. So hielt er sich die Verantwortung vom Leib. Und damit, dass er behauptete: Paula will nicht, dass ich mich melde. Aber immerhin war Paula sieben Jahre älter als er. Und tot. Es werden ja nicht alle

Menschen achtzig. Siehe Agota. Er hätte es längst wissen können. Paula Bucherer ist tot. Ahmt er die kleine Schwester nach. Ich habe es eruieren können. Er hätte es vor zwei Jahren erfahren können, hätte er es eruieren wollen. Eruieren! Und Hannah, sie war doch nicht mehr das Mädchen, das er damals beobachtet hatte, als sie um Punkt fünf Uhr abends nach der Arbeit vom Tiermehlfabrikantensohn abgeholt wurde. Sie war doch erwachsen. Längst. Sie konnte doch für sich selbst entscheiden, mit wem sie zu tun haben wollte.

Auf dem Foto, das ist Hannah. Sagt er zur kleinen Schwester. Er hat es in einer Zeitschrift gefunden, Jahre nachdem er sie in der Stadt gesehen hatte, sah er Hannah beim Friseur in so einem Heftchen. Fast sein halbes Leben lang trägt er nun diesen Papierschnipsel schon in seiner Brieftasche herum. Es ist Hannah. Es ist nicht Hannah.

Sie macht eine ruppige Bewegung. So sieht sie bestimmt nicht mehr aus. Sagt die kleine Schwester.

Immer wieder vergisst er das. Immer wieder glaubt er diesem vergilbten Stück Papier. Darauf ein Mädchen, wie in seiner Erinnerung.

Der Papierfetzen ist doch jahrzehntealt. Fügt die kleine Schwester hinzu. Das sehen Sie doch auch!

Er spürt, sie versteht ihn nicht. Konservierungsmethoden fallen ihm ein: Schockgefrieren, einwecken. In Formaldehyd einlegen.

Sie findet einen kranken alten Mann vor. Sagt er.

Ihre Tochter ist auch nicht mehr die Jüngste, sagt die kleine Schwester.

Und was bleibt ihr dann? Kaum hat sie einen Vater, stirbt er ihr wieder weg.

So weit muss es erst einmal kommen. Sagt die kleine Schwester.

Sein Herz rennt. So sehr, dass er denkt, er hat das Herz im Magen, in den Knien, im Hals, im Kopf.

Balsaminengewächs. Drüsiges Springkraut. Sumpf-Herzblatt. Er will etwas denken, aber es fallen ihm nur Pflanzennamen ein, und Wörter: Bastard, Hybrid, Rührmichnichtan. Schmächtiger Klee. Er muss lachen, dass sein ganzer Körper vibriert, weil er denkt, Schmächtiger Klee, das bin ich.

Die kleine Schwester lacht nicht.

Die Uhr tickt laut, sagt sie.

Er weiß, dass um acht der Tagdienst kommt. Dann ist alles vorbei. Niemand weiß etwas über sein Leben, wenn es hell wird. Aus dem Tagdienst erzählt er niemandem etwas. Er glaubt daran, dass er nachts stirbt. Wenn er es einrichten könnte, dann wäre das so. Er kann es versuchen. Dann hat er jetzt noch wenigstens einen Tag Aufschub. Vielleicht auch zehn, zwanzig, ein halbes Jahr. Einen aber sicher, wenn er nachts stirbt. Einen ganz sicher. Wenn es nach Naumann, seinem Arzt gegangen wäre, wäre er bereits tot. Kein viertel Jahr hat er ihm mehr gegeben. Das war schon vor einem halben Jahr gewesen.

Er lacht immer noch, obwohl er das nicht möchte. Schmächtiger Klee, sagt er. Das bin ich.

Eher ein Hahnenfuß. Sagt die kleine Schwester.

Hasenfuß, sagt er.

Sie nickt.

Sie schweigen. Er hört der Uhr zu. – Ich kann die Nummer auswendig. Sagt er.

Und?

Ich kann Ihnen die Nummer diktieren.

Sie wollen doch anrufen!

Bitte! Sagt er. Bitte, fleht er.

Sie kneift die dunklen Augen, die Hannah-Augen zusammen, jetzt geht sie weg, denkt er, und sieht: Sie steht auf.

Er würde sie gerne festhalten, aber er fasst sie nicht an.

Sie steht auf. Bleibt stehen.

Er sieht ihr zu, wie sie das Haar öffnet, wie sie mit der linken Hand durch die dicken glatten Strähnen fährt, wie sie den Gummi wieder um den Pferdeschwanz windet, wie sie sich ein Mal im Kreis um sich selbst dreht und wieder setzt. Dann greift sie zum Hörer.

Er drückt mit dem rechten Ellbogen seinen Körper empor, bis er den linken Arm dazu nehmen kann, dann stemmt er sich in die halbe Senkrechte. Das Telefon hat er nur wegen Pius. Damit ihn Pius erreichen kann, wann immer er möchte.

Also? Fragt sie.

Er spürt, wie sein Arm unter seinem Gewicht zittert, sein rechter Arm. Er möchte zusammenklappen, er möchte es nicht!

Er sagt die Ziffern der Nummer auf, wiederholt sie noch einmal und hört das Klicken der Tasten. Plötzlich fällt ihm ein, dass es gerade erst halb acht Uhr morgens ist!

Legen Sie auf, ruft er. Er möchte sich aufrichten, aufrecht setzen, aber es gelingt ihm nicht. Er stellt sich vor, wie der Fabrikantensohn zum Hörer greift, oder eines der Kinder, weil Anrufe morgens um diese Zeit immer Schicksalsanrufe sind, und deshalb immer wichtig.

Legen Sie auf, sagt er nochmals.

Aber die kleine Schwester schaut angespannt vor sich hin. Er hört das Freizeichen im Hörer, das Tuten.

O Gott, sagt er. Ihm ist nicht gut. Sein Herz pocht laut, wie die Uhr, pocht in der Wange, im Ohr, pocht im Kopf.

Demuth.

Das lang gezogene Dee!

Hannah Demuth? Fragt die kleine Schwester.

Jaa?

Er möchte aufspringen und aus der Tür rennen, er möchte wenigstens die Beine vom Bett baumeln lassen, aber er hat keine Kraft, alles Blut ist in seinen Kopf geschossen. Der fühlt sich heiß an. Er möchte wenigstens das Halsband von Izy aus der Schublade nehmen jetzt!

Hier ist das St.-Anna-Hospiz. Sie sprechen mit Marita Trautwein.

Es ist ganz still in der Leitung. Nichts. Als unterdrückte jemand jede Bewegung.

Ich rufe im Auftrag Ihres Vaters an. Sagt die kleine Schwester, ihre Stimme vibriert. Er liegt bei uns und möchte Sie noch ein Mal sprechen.

Ein Mal! Denkt Biliński. Nur ein Mal! Hätte sie sagen müssen. Dann hört er der Stille zu. Er hält das nicht aus.

Eins, sagt er leise.

Die kleine Schwester schüttelt den Kopf.

Er atmet ein. Er muss »zwei« sagen, er muss das tun. Er braucht einen Rhythmus. Er atmet ein, drei. Immer weiter. Leise, damit nichts passiert in seinem Kopf. Nichts passiert, wenn er zählt. Er sagt: sieben, und hört die Stimme im Apparat:

Das kann nicht sein! Sagt die Stimme. Hannahs Stimme.

Doch, möchte er rufen, ganz laut: DOCH! Aber er hört nur noch den vollkommen falschen Ton in der Leitung.

Die kleine Schwester war noch geblieben, eine viertel Stunde, eine halbe Stunde, mehr. Sie haben still dagesessen, als könnte etwas passieren, das Telefon wenigstens ein Geräusch von sich geben; als könnte noch etwas nachkommen, etwas Gutes. Vielleicht auch aus Ratlosigkeit, Biliński weiß es nicht, vielleicht, weil sie beieinanderbleiben mussten, um das auszuhalten, das Klicken in der Leitung.

Ich muss gehen, hat Marita gesagt, da war es bereits nach acht Uhr gewesen, und der Tagdienst hat sie zur Übergabe erwartet. Bis heute Abend, hat sie gesagt.

Lang ist der Tag. So lang, denkt Biliński, weil er nicht schlafen kann. Er schaut das stille Telefon an. Immer wieder denkt er seit dem Morgen: Ich habe zu lange gewartet. Sie hat nicht mehr gewartet. Ich habe zu lange gewartet. Sie hat nicht mehr gewartet. Zwei Sätze, die sich abwechseln, als führten sie einen Dialog, dabei weisen sie doch in die gleiche Richtung. Oder? Er versuchte, das zu verstehen. Nein, sie standen sich vollkommen entgegen. Als er noch wartete, hat Hannah das Warten bereits aufgegeben. So weit ist er nun gekommen bis halb zwölf Uhr, mit seinen Ergebnissen. Er hat die Visite mit Naumann an sich vorbeiziehen lassen, weiß nicht einmal mehr, was Naumann heute wieder Komisches gesagt hat, etwas muss er gesagt haben, denn die Assistenten haben gelacht. Er selbst verharrte mit geschlossenen Augen, als sei er nicht da. Schon nicht mehr da.

Herr Biliński? Naumann hat ihn angesprochen.

Aber er hat nicht mit dem Auge gezuckt. Das Telefon hat nicht geklingelt. Bestimmt hat Naumann ihn aufmuntern wollen, bestimmt hat Marita berichtet, was geschehen war.

Sumpfherzblatt.

Sie waren einmal auf den Berg gestiegen, er und Agota; Sommer, Anfang der neunziger Jahre, Pius war bei seinem Vater gewesen, der Himmel wolkenlos und die Luft heiß an diesem Tag, als bliese Wüstenwind nach Oberbayern hinein. Stani hatte nicht mitkommen wollen, nicht einmal bis zur Kapelle. Der Anfang von Stanis Ende war das gewesen. Agota mit einem Tuch auf dem Kopf, um die Sonne vom dunklen Haar fernzuhalten, rot, wie der Rock, den sie zu den Bergschuhen trug, in Bauernmanier, was ihr gut stand, so unbäurisch, wie sie wirkte. Sie waren in der Hitze aufgebrochen, spät am Vormittag, und wollten den Waldweg nehmen, hinauf auf die Alm. Agota ging voraus, war schneller, wendiger, ziegenartig erklomm sie den Berg, als sei das nichts, und er hinterher, als sei das was; nur wer langsam geht, sieht, woran er vorbeikommt. Er zählte die Orchideensorten am Wegesrand, es gab einige. Stattliches Knabenkraut, Kugelknabenkraut, Schwarzes Kohlröschen, Rotes Waldvöglein, Grüne Hohlzunge und so fort. Wie kommt er nun darauf? Ach so! Und dann wartete Agota plötzlich auf ihn, wartete, und er ging auf sie zu, sie schaute ihn an, direkt und ganz frei, und er schaute sie an, genauso. Gut war das.

Bis sie sagte: Manches darf man nicht aufschieben!
Was meinst du?
Und dann, sie: Wir haben nur ein Leben. Dieses. Auch du!

Dann war sie weitergegangen, er nun neben ihr her, bis zur Alm, bis zum Brunnen, um eiskaltes Wasser zu trinken, einzufüllen in ihre Wasserflasche, und an der Alm vorbei, hinauf auf den Gipfel bei sengender Sonne.

Du meinst Hannah? Hat er sie gefragt, oben auf dem Gipfel.

Die meine ich, hat Agota gesagt. Und: Ich helfe dir!
Ungefähr 2000 Meter über dem Meer, ungefähr 1550 Meter über Hannah: Ich helfe dir!

Wie viel Jahre ist das her? Siebzehn, achtzehn.
Agota, und jetzt?
Er will das Telefon mit seinem Blick zu etwas zwingen, aber es gibt keinen Ton von sich.

Tagsüber stirbst du nicht! Er sagt es in sich hinein, wie zum Trost.

Agotas Antwort kennt er.

Er hebt seine Hände hoch, spürt die Anstrengung in den Oberarmmuskeln, weil er die Hände nicht gut genug sehen kann, wenn er nur die Unterarme anhebt, er schaut auf seine Nägel, die sind halbkugelig und glatt, ohne Rillen, was ungewöhnlich ist für alte Menschen, das weiß er. Er streicht mit dem Zeigefinger über den Daumennagel, ja, ganz glatt. Solche Nägel hatte sein Vater auch, genau solche, Stani hatte andere, längliche Nägel, Agota auch, ihre waren brüchig geworden. Vielleicht hat Hannah auch die Nägel von ihrem Vater, von ihm; Janek Bilińskis Fingernägel, die nicht alt werden. Wiechek, der hatte sich immer die Nägel mit einem Messer geschnitten, zurechtgeschnitzt, saß an Tagen, an denen das Licht am Abend noch hell genug war, feine spitze Sonnenstrahlen kamen durch die Ritzen im Dach, auf seiner Liege, über seine Hände gebeugt, die auf seinen gespreizten Oberschenkeln lagen, und schnitzte, und als ob die Nagelstückchen von Wert seien, versuchte er sie unter sich zu versammeln, zwischen seinen nackten Füßen zu einem Häufchen zu legen, das er dann am liebsten verbrannte.

Warum machst du das? Hatte er ihn einmal gefragt.

Damit ich mich nicht in dieser Welt verteile.

Verrückt bist du!

Wie Wiech mit den Schultern gezuckt hatte, wie der mit den Schultern zucken konnte! Der mir seinen Schnitznägeln, seinen spitzigen.

Wenn Hannah diese Nägel hat, diese Kugelnägel, dann haben Hannahs Kinder bestimmt auch solche Nägel, dann blieb etwas von ihm. Etwas blieb! Die wissen das nur nicht. Paula, wie sahen deren Fingernägel aus? Wenn ihm das nun nicht einfiel, dann war das ein Zeichen dafür, dass sie nicht besonders markant waren, sicher nicht. Und was nicht markant ist, setzt sich nicht durch. Er muss lachen.

Mein lieber Herr Biliński, du kannst nicht immer alles zu deinen Gunsten interpretieren! Er hört Agota sprechen.

Das kann nicht sein! Genau das hat Hannah gesagt: Das kann nicht sein.

Hat Paula ihr einen anderen Mann zum Vater gemacht? Kennt sie einen anderen Vater? Sonst sagt man so etwas doch nicht.

Das kann nicht sein!

Als sei etwas anderes viel wahrer, als sei die Sache längst geklärt, als wisse sie Bescheid, und nun kommt so ein Idiot und behauptete etwas Unmögliches.

Die klopfen kaum hörbar an die Türe am Tag, die Schwestern. Freundlich erklären sie, was sie tun: Ich wechsle die Infusion.

Er hält die Augen geschlossen.

Es ist Zeit für den Blutdruck, Herr Biliński.

Herrgott! Können Sie mich nicht einfach in Ruhe lassen?

Vor ihm steht die runde Renate mit der Tantenbrille.

Das geht leider nicht, sagt sie und schüttelt wie eine Kindergärtnerin den Kopf.

Es ist nicht mehr wichtig. Sagt Biliński.

Sagen Sie das nicht! Sie hat eine schöne Stimme, der Dialekt darin macht sie weich. Er denkt das immer, wenn sie da ist, und sie ist häufig da, aber er fragt sie nicht, woher sie denn kommt, was das für ein Dialekt ist. Er hat keine Lust, sie zu fragen.

Warum hat er die kleine Schwester von Anfang an nicht langweilig gefunden?

Was fragst du dich so unsinniges Zeug, mein Lieber! Du weißt es doch gut genug inzwischen.

Er schaut aus dem Fenster, während Renate ihm den

Ärmel hochschiebt, die Blutdruckmanschette über den Arm zwängt, sie aufbläst, bis er das Gefühl hat, sein Arm wird zerquetscht. Er lässt sie gewähren, auch wenn er merkt, dass er eine schwere Missmutsfalte auf der Stirn trägt.

Einhundertsechzig zu einhundertzehn. Da wollen wir aber hoch hinaus, heute. Sagt Renate. Was ist los?

Tun Sie bloß nicht so! Will er sagen, als wüssten Sie nicht Bescheid. Aber er schweigt.

Abschied nehmen ist schwer. Sagt sie.

Herrgott, sind Sie von der Kirche! Er ist laut geworden, er weiß es. Aber was redete die für einen Unsinn! Nun muss er sie auch noch anschauen.

Unsinn! Sagt er.

Sie packt in aller Ruhe das Blutdruckgerät zusammen. Ihre Fingernägel sind kurz geschnitten und im Verhältnis zu ihren schwammigen Fingern zu klein. Rillen haben die auch keine. Er schaut weg.

Gleich kommt das Essen, sagt sie freundlich.

Aber die Tür macht sie mit schierer Wucht zu, die blöde Pute.

Er braucht nichts zum Essen. Er könnte Pius anrufen. Aber sie haben doch erst gestern telefoniert. Wie viel Uhr ist es jetzt in Taipeh? Er rechnet, ein glatthaariger Hund kommt ins Bild, mit hoch aufgestelltem Schwanz.

Er hat das Taxischild um den Hals. Er muss nichts sprechen zum Glück. Da vorne steht ein Auto, ist das ein Taxi, ein blaues? Das hat kein Schild auf dem Dach. Es muss ihn erkennen, wenn es ein Taxi ist. Wo befindet er sich denn? Dort brennt ein Licht. Er muss noch die Rotweinflasche abholen und die Nummer. Er braucht die richtige Nummer. Er kennt sich überhaupt nicht mehr aus. Der Schiffskran setzt einen Hund auf die Straße! Oder? Jetzt sieht er das Schiff, gigantisch groß ist das, wie es den Kanal entlanggleitet, acht Mal, mehr, zwölf Mal so hoch wie diese kleinen Häuser. Er muss lachen. Das schmerzt im Gesicht. Wenn der Hund den Weg kennt, dann muss er kein Taxi nehmen. Der Hund geht ihm drei Schritte voraus, er sieht seinen Schwanz, der immerzu hin- und herwackelt, als habe der Hund Seegang. Er muss wieder lachen, obwohl das weh tut im Gesicht. Aber er hat keine Zeit. Warum hat er nicht seinen Trenchcoat angezogen, er trägt ja nur dieses Krankenhaushemd. Seine Hand gleitet in sein Gesicht, er sieht das, das darf nicht geschehen. Er muss nach Hause. Warum gibt es weit und breit kein Taxi? Das ist doch gar nicht seine Stadt. Warum gibt das Schiff jetzt zwei Signaltöne ab? Es hat ihn gesehen! Leute sind auf dem Schiff, sie trinken aus Flaschen. Sie singen etwas. Da steht doch Paula!

Nicht kratzen im Gesicht!

Wer hat das gesagt?

Er will den Hund rufen, er weiß den Namen von diesem Hund nicht. Was ist das für ein Ring, den der Hund um den Schwanz trägt? Das ist eine Hundemarke. Der Hund gehört zu dem Schiff, oder? Er muss wegrennen! Paula darf ihn nicht sehen. Paula darf ihn hier auf keinen Fall sehen, sonst weiß sie alles. Wenn sie den Hund geschickt hat?

Hund! Er ruft noch einmal: Hund!

Warum hört der Hund nicht auf seinen Namen?
Verpiss dich!
Wenn das ein polnischer Hund ist?
Odpieprz się! Spadaj!
Die Leute auf dem Schiff winken ihm, er trägt aber nur dieses Hemd. Er dreht sich herum, er muss sich rückwärtsbewegen, dann erkennt ihn Paula nicht. Er muss unbedingt nach Hause, bevor er zu Hannah fährt, er braucht etwas Ordentliches zum Anziehen. Was sitzt ihm da im Nacken? Das kommt vom Gesicht, die Tiere laufen wieder unter seiner Haut herum, er muss sie verjagen, verjaaa-gen! Der Hund bleibt stehen. Er will hingehen, er will den Hund packen, er muss den Hund festhalten, damit der nicht zu Paula zurückgeht, sie darf nichts erfahren.
Nicht die Hand ins Gesicht!
Es tut aber weh.
Dann wird es noch schlimmer.
Nicht!
Er sieht, wie seine linke Hand nach der rechten greift, er selbst steht in der Mitte.
Wenn das Paula ist, die da von ganz vorne auf ihn zukommt! Da geht doch jemand auf der nassen Straße. Aber er kann nicht mit diesem Hundeschwanz in der Hand in ein Taxi steigen. Der Hund läuft vor ihm, er hat seinen Schwanz noch. Aber er hat den Schwanz mit dem Ring in der Hand. Er liest, da steht etwas auf dem Ring. Cynoclossum. Seit wann haben Ringe Gattungsbezeichnungen? Warum gibt es hier keinen Mülleimer! So kann er unmöglich zu Hannah fahren mit dem be-

ringten Schwanz in der Hand, der nicht einmal blutet. Er muss unbedingt zuerst nach Hause. Es tut weh in seinem Gesicht, er möchte sich kratzen, es tut wahnsinnig weh in seinem Gesicht, sie haben das Schmerzmittel vergessen. Er sieht seine Hand nicht mehr.

Er kratzt sich, er reibt sich mit den Fingernägeln über die Wange, aber die Tiere laufen trotzdem unter der Haut weiter, er schrubbt mit den Nägeln darüber, jetzt, jetzt wird es ganz nass.

Er braucht die Nummer.

Der Schmerz ist kein Traum. Seine rechte Gesichtshälfte lodert, er kann kaum den Mund öffnen, so stark sitzt der Schmerz zwischen Ohr und Kiefer, dass er ihm jede Bewegung verbietet. Er hat sich gekratzt, er blutet, seine rechte Hand ist voller Blut, er muss klingeln. Es ist noch nicht Abend.

Es geht schnell, dass sich die Tür mit einem Ruck öffnet. Renate ist das schon wieder. Wie viel Uhr ist es jetzt?

Oh Gott, sagt sie, als sie ihn sieht.

Holen sie das Schmerzmittel, sagt er, den Mund kaum bewegend, so dass das betrunkener klingt, als ihm recht ist.

Sie haben Schmerzmittel bekommen! Sagt Renate.

Aber nicht genug! Dann holen Sie bitte Naumann!

Er möchte nichts mehr sagen, sie soll einfach abhauen und den Arzt schicken.

Dazu brauchen wir nicht den Chef!

Wir! Er schweigt, seine Hände halten das Deckbett fest, er hält sich daran fest. Schau sie nicht an, denkt er. Er will auch nicht, dass sie es ist, die ihn nun versorgt und die Wange säubert und seine Hände. Aber sie hat schon angefangen.

Ich habe Schmerzen, wiederholt er. Lassen Sie mich doch einfach in Ruhe, sagt er, das macht nichts mit dem Blut. Ich brauche ein stärkeres Schmerzmittel.

Das muss ich erst klären.

Hören Sie, wenn ich sterbe, dann müssen Sie das auch nicht erst klären. Jetzt holen Sie Naumann oder einen Assistenten und ein Schmerzmittel, sagt er, dabei tut ihm jedes Wort weh.

Sie reißt die Türe auf, eine Gummidichtung löst sich schmatzend von einer anderen Gummidichtung. Die Schwester ist draußen. Die Sonne steht zum Hang gegenüber, helles Nachmittagslicht liegt auf dem Hang, die Fenster spiegeln die Gärten, das kennt er. Dann hat er aber lange geschlafen. Zum Glück ist es schon Nachmittag! Die kleine Schwester kommt bald wieder.

Die Augen fallen ihm zu, aber der Schmerz ist zu stark, er kann sie nicht geschlossen halten. Sie haben bestimmt das Schmerzmittel vergessen. Er drückt die Wange ins Kopfkissen, so dass sich der Stoff nicht an der Haut reiben kann, das hält er nicht aus. Es pulsiert in seiner Wange, am Ohr, bis in die Zähne hinein. Diese Kuh braucht ja ewig, bis sie das geklärt hat. Eins. Er hat etwas geträumt, oder? Izy, war das Izy im Traum? Er sieht ein Bild, ein Hund läuft vor ihm durch die Stadt, aber er kann nicht erkennen, ob das Izy ist. Es ist dunkel in der Stadt, er geht eine Treppe hinab, um eine Ecke herum, und da steht ein riesiger Dampfer, auf dem stehen Leute. Das Bild entschwindet. Er drückt den Kopf stärker ins Kissen. Was war das? Zwei, drei, vier. Der Schmerz pocht sogar in die Pupille hinein, er sieht die kleinen Blitze hinterm geschlossenen Augenlid, sie funkeln wie Kurzschlüsse an Steckdosen. Dann brennt es. Sein ganzes Gesicht. Fünf, sechs, er kann die Zahlen sehen hinter der geschlossenen Pupille, ihre Bäuche und Kanten, ihre Kreuze. Er mag die runden Zahlen lieber, acht, neun.

Ein Klopfen und die sich öffnende Tür.

Herr Biliński!

Das ist der lange Assistent.

Er dreht sich aus dem Kissen, er möchte die Augen nicht öffnen, zu sehr fürchtet er den Schmerz.

Sie haben starke Schmerzen?

Wahnsinnig, sagt Biliński.

In der Wange?

Die Tiere, jetzt beißen sie.

Wie bitte?

Ja, in der Wange, im Ohr, im Auge, im Mund.

Dann spritze ich Ihnen jetzt noch ein zusätzliches Schmerzmittel, das kennen Sie schon.

Er öffnet die Augen nicht.

Wenn die Zahlen aus zwei Ziffern bestehen, kippt ihm die hintere Ziffer weg, sie stürzt in die vordere hinein, als könne sie sich nicht halten, sie will sich anlehnen, sie will sich doch nur anlehnen, aber die vordere hält das nicht aus. Sie fallen um. Die Einsen der Elf liegen auf dem Boden. Er will sie aufstellen, aber es gelingt ihm nicht. Er wartet. Die Eins gehört nicht zur Nummer. Er hat sie doch immer gekannt. Doch, die Eins gehört dazu. Warum fällt sie dann um? Er malt eine Drei an die Tafel, er sieht sie stehen, weiß auf grün, wie auf einer Schultafel. Sie steht, sie fällt nicht um. Aber sie steht an der falschen Stelle. Sie steht in der Mitte, die Drei ist die Ziffer in der Mitte. Er muss ihr die Sieben zur Seite schreiben, damit sie nicht nach vorne fallen kann. Er schaut seiner Hand zu, das ist doch die Hand seines Vaters, das ist doch die Lehrerhand. Diese Hand malt jetzt eine Sieben, aber nicht einfach so eine Sieben, sondern eine mit einem Kreuz in der Mitte. Das will er nicht. Die braucht kein Kreuz. Das muss er anders machen. Da sieht er die bessere Sieben, eine Steilwand hoch und einen Vorsprung darüber, wie ein Dach. Sie bleibt stehen. Sieben. 7. Es funkelt hinter dem Augenlid, Blitze über Blitze.

Nicht, bitte!

Es ist nichts passiert, sagt die Stimme.

Der ist ja immer noch da, dieser Assistent!

Jetzt wird es bestimmt gleich besser! Sagt die Stimme.

Er hat Fieber.

Bitte? Biliński hört seine eigene Stimme.

Sie haben Fieber!

Er soll ihn nicht durcheinanderbringen jetzt.

Es kann nichts passieren, es kann nichts passieren. Er sieht sie. Die Ziffern stehen sicher an der Tafel, sie bleiben. So bleiben sie. Ist da noch jemand im Raum? Macht da jemand etwas an seinem Bett? Er öffnet kurz die Augen.

Ich beziehe Ihnen nur ein frisches Kissen! Das ist Renate.

Er spürt, dass er nickt.

Er möchte allein sein, niemand soll in seinem Rücken

herumfuchteln. Nicht jetzt. Ihm ist heiß, aber kalt an den Füßen, warum nehmen sie ihm eigentlich morgens immer seine Bettsocken weg, sie wissen das doch, dass seine Füße leicht frieren. Er zieht die Beine an. So.

Sein Kopf wird gehoben: Nicht!

Gleich fertig. Jemand hält seinen Kopf fest und legt ihn dann wieder sanft auf das Kissen, das tut nicht weh. Aber sie soll jetzt gehen. Er wartet. Er sieht das Orange hinter den Augenlidern, dort will er jetzt bleiben. Da ist die Tafel wieder. Auf dem Tafelgrün stehen seine Ziffern. Genau richtig. Sieben, Drei. Er muss alle aufschreiben, sie dürfen nicht umfallen. Das Lied, das dieser Chor nun singt, das kennt er doch. Er spürt den Takt in seiner Wange, ist das ein Walzer, was ist das für ein Lied? Er kennt das. Die sollen ruhig singen, die Tiere, er kann trotzdem die Zahlen an die Tafel schreiben. Wie rot es ist hinter der Tafel! Die Sonne scheint. Er möchte nicht, dass sein Vater für ihn schreibt, das kann er schon selbst, auch wenn er kein Lehrer ist. Er muss das schaffen, bis die kleine Schwester kommt, damit sie Bescheid weiß.

Mit der Fünf geht alles los. So fängt die Nummer an, mit der Fünf. Er sieht seinem Arm zu, wie der sich hebt, dann berührt er mit der Hand die Stelle an der Tafel, dort, vor der Sieben, dort muss die Fünf stehen, direkt davor. Sie müssen anrufen können. Die Fünf hat auch ein Dach über dem Bauch, das ist gut, das ist sicher. Er sieht der Ziffer zu, wie sie auf der Tafel entsteht, wie ein weißes Dach eine weiße Stütze bekommt, wie sich ein Bauch bildet, darunter, ein feiner runder Bauch. Da steht sie. Weiß auf grün. Fünfsiebendrei. Er kann das lesen.

Wenn die Nummer fertig ist, dann kann man ihn auf die Nummer legen. Man kann ihn darauf zu ihr bringen. Aber jetzt geht das noch nicht. So noch nicht. Er mag die Acht gerne, alles, was symmetrisch ist, ist harmonisch, darüber müsste er mal nachdenken, in Ruhe, darüber wird er nachdenken. Die Acht ist ein Koloss. Die Acht ist immer eine Acht, egal in welcher Lage. Aber er will die liegende Acht hier nicht auf der Tafel sehen, das versteht ja keiner, was das sein soll.

Wegwischen!

Der Vater macht das. Er stellt die Acht auf die Tafel, aufrecht, ganz senkrecht steht sie nun auf der grünen Tafel. Wenn die Acht schon mal da ist, kann er wenigstens die Unterschenkel baumeln lassen. Auf vier Ziffern kann man bereits liegen, aber gut geht das noch nicht. Er will in die Luft schauen können, wenn sie ihn auf der Nummer zu Hannah tragen. Das wird nur mit der ganzen Nummer funktionieren. Das geht ja ewig. Die Eins ist eine komplizierte Zahl, ihr fehlt die rechte Mitte, sie ist nicht im Lot. Wenn die Eins nun wegkippt, dann fällt die ganze Nummer, wenn sie hinüberfällt auf die Acht, dann kippen alle weg wie ein Rudel Dominosteine; die Eins, die muss kerzengerade stehen, damit nichts passiert. Er wartet. In seinen Mundwinkel sticht eine Nadel. Nicht! Er muss sich trauen. Er muss eine astreine Eins zeichnen, er weiß, dass er das kann. Du kannst das, Janek Biliński, du hast ein ganzes Leben lang astreine Linien ins Weiß gezeichnet, da haben Leute ein ganzes Leben lang astreine Wände aus deinen Linien gemacht, da kannst du auch eine erstklassige Eins auf eine grüne Tafel schreiben, dann hast du es geschafft. Nicht zu früh jubeln. Sie müssen dich auf der Nummer zu Hannah tragen können. So viel Stabilität muss sein. Das muss ihnen gelingen. Ganz ruhig. Nicht zittern. Da steht jemand neben der Tafel, der darf sich nicht bewegen. Vater! Nicht rennen! Bleib da!

Er setzt an, er weiß, wie er es machen muss. Er darf der Eins kein Dach schreiben. Die Eins ist ein absolut senkrechter Strich. Nur dann steht sie sicher. Statik ist das.

Er setzt oben an, das weiß er, dass er das kann, einen senkrechten Strich im richtigen Abstand zur Acht ziehen, und sie wird aufrecht stehen.

Da steht die Eins im Grün! Nein, sie fällt nicht um, sie fällt nicht mehr um! Er sieht die ganze Nummer. Er kann sich jetzt auf die Nummer legen, und dann bringt sie ihn zu ihr. Es wird nichts passieren. Er muss sich nur ganz vorsichtig auf die Nummer legen, ganz vorsichtig.

Sie ist da! Jetzt holt die kleine Schwester ihn ab, er kann sie hören, er muss lachen; jetzt können sie los. Ja, so schaffen sie das!